सपने का सच

सपने का सच

(कहानियाँ)

गिरीशचन्द्र श्रीवास्तव

नमन प्रकाशन

नई दिल्ली-110002

प्रथम संस्करण 2005

ISBN-81-8129-057-7

Rs. 350/-

नमन प्रकाशन
4231/1, अंसारी रोड, दरियागंज, नई दिल्ली-2
फोन : 23261839, 23254306

नितिन गर्ग द्वारा नमन प्रकाशन के लिए प्रकाशित। ओम् लेजर प्रिंटर्स, दिल्ली द्वारा शब्द-संयोजन तथा आर.के. ऑफसेट प्रिंटर्स, दिल्ली-32 में मुद्रित।

Sapnai Ka Sach *by* Girish Chander Shrivastava

अनुक्रम

1

एक वाजिब आदमी

हास्पिटल के किनारे, सड़क से काफी हटकर वहीद मियाँ की फर्नीचर की एक छोटी-सी दुकान है जो महज एक दीवार के सहारे टीन और छप्पर देकर खड़ी की गई है। बाहर से देखने में यह दुकान झोपड़ीनुमा लगती है। नये-पुराने फर्नीचर, लकड़ियाँ औजार सभी इधर-उधर बिखरे मिलेंगे। वहीद मियाँ यदि चाहते तो इस दुकान को और बढ़ा सकते थे। उनके दुकान की बिक्री भी इससे काफी बढ़ सकती थी क्योंकि उनकी दुकान काफी मशहूर हैं। इसकी एक खास वजह है। वे ग्राहकों से हमेशा एक दाम लेते और वह भी वाजिब। यही कारण है कि उनकी दुकान से एक बार सामान ले जाने के बाद ग्राहक फिर स्थाई हो जाते। फिर भी दुकान को और बढ़ाने की उन्होंने जरूरत नहीं समझी। दुकान बढ़ाने की जरूरत भी क्या है? उनका एक छोटा-सा कुनबा है—उनकी बीवी सलमा और इकलौता बेटा हमीद, उसकी बीवी और उसका तीन साल का लड़का। इस छोटे से कुनबे को लेकर वे मेजरगंज की एक गली में, दो कमरों वाले खपरैल के मकान में रहते हैं। इस कुनबे की गुजर--बसर भर के लिए वह अपनी दुकान से कमा लेते हैं। जरूरत से ज्यादा कमाने के फेर में वहीद मियाँ कभी नहीं रहे हैं। उनका कहना है कि मरने के बाद जब यहीं सब कुछ छोड़ जाना है, तो दौलत बटोरने का पागलपन हम क्यों करें।

लेकिन इधर कुछ दिनों से वहीद मियाँ काफी चिन्तित रहने लगे हैं। उनकी चिन्ता का कारण है सलमा की बीमारी। महीनों से वह बीमार चल रही है। दिन-प्रतिदिन पीली होती जा रही है। शहर के डॉक्टर ने आंत के कैंसर का शुबहा बताया है और कानपुर के मेडिकल कॉलेज में उसे दिखाने की सलाह दी है। लेकिन मुसीबत में घबड़ाना वहीद मियाँ के फितरत के खिलाफ है। दुकान पर उन्होंने और मुस्तैदी से काम शुरू कर दिया है, ताकि सलमा को कानपुर ले जाकर इलाज कराने के लिए उनके पास कुछ और पैसे इकट्ठे हो जाएँ। पहले उनकी

दुकान में महज तीन कामगार काम करते थे। अब उन्होंने दो और बढ़ा दिये। पहले वे खाली न रहने के कारण कई ग्राहकों को लौटा देते थे। अब वे किसी भी ग्राहक को नहीं लौटाते। जो भी आता सभी के आर्डर वे ले लेते और कामगारों से ओवर टाइम करवा कर आर्डरों को पूरा करते।

अपनी दुकान में चौकी पर बैठे हुए वहीद मियाँ बाहर सड़क की ओर देख रहे हैं। शाम ढल चुकी हैं और मौसम भी एकाएक बदल गया है। बादल घुमड़ने लगे हैं। फिर हल्की-हल्की बूदा-बाँदी भी होने लगी है। वहीद मियाँ यह सोचकर हैरान से है कि इतने खराब मौसम के बावजूद सड़क की चहल-पहल में कोई कमी नहीं हुई। वे बुदबुदाते भी हैं—इन्सान जैसे मशीन हो गया है।

हमीद भी वहीं चौकी के बगल में जमीन पर बिछी चटाई पर बैठा हुआ अपने बच्चे को बाएँ कन्धे पर चिपकाकर सुला रहा है। दुकान के अन्दर काम करते कामगारों की खटर-पटर की आवाजें ऐसे मौसम में बड़ी बेसुरी सी लगने लगी हैं। एकाएक बिजली भी चली जाती है। दुकान में अन्धेरा हो जाता है। कामगार अपना काम ठप कर देते हैं। वे पाँच हैं। पाँचों ने अपनी-अपनी बीड़ियाँ सुलगा ली हैं। काम से फुरसत मिल गई है, इसलिए वे खुश हैं और बदले हुए मौसम का जायजा लेने लेगे हैं।

काम रुक जाने से वहीद मियाँ भुनभुनाने लगते हैं। फिर वे बिजली वालों की धाँधली पर टिप्पणी करते हैं—बिजली वालों ने तो नाक में दम कर रखा है। वक्त-बेवक्त जब चाहते हैं बिजली गायब कर देते हैं।

हमीद अपने बच्चे को वैसे ही चिपकाएँ उठ पड़ता है। सोचता है, इसे घर पहुँचाता आए। अभी हल्की बूंदा-बाँदी ही है। बाहर जाते हुए वह कहता जाता है—अब्बा, अभी थोड़ी देर में आता हूँ। इसे घर पर सुलाता आऊँ। सो गया है।

इधर बिजली आये दिन गायब हो जाया करती है। इसी वक्त-बेवक्त के लिए वहीद मियाँ ने दर्जन भर मोमबत्तियाँ पहले से ही मँगवाकर बक्से में रख लिया है। चौकी पर रखे बक्से से वे तीन मोमबत्तियाँ निकालते हैं। उन्हें जला कर वे कामगारों द्वारा अगल-अलग मुकामों पर रखवा देते हैं। दुकान में कुछ रोशनी हो जाती है।

बाहर पानी का गिरना काफी तेज हो जाता है। वहीद मियाँ देखते हैं कि कुर्सियों से लदे दो रिक्शे उनकी दुकान के सामने आकर रुक जाते हैं। साथ में एक साइकिल सवार भी है। वह झट उतर पड़ता है। वह बुशर्ट-पैंट में है। वहीद मियाँ समझ बैठते हैं कि वह इनकमटैक्स इन्सपेक्टर का आदमी है। उन्होंने कल ही तो अपने किसी आदमी को भेजकर पुछवाया था कि कुछ कुर्सियों को मरम्मत के लिए कब भेजवाया जाए? ख़ुद भी इन्सपेक्टर अभी चार रोज पहले उनकी आमदनी की जाँच करने के

लिए आया था और एक हफ्ते बार फिर आने के लिए कह गया था। तभी वहीद मियाँ भाँप गये थे कि उनकी आमदनी की जाँच करने के धौंस में इन्सपेक्टर उनसे बेगारी करवाना चाहता है। इस पर भी यह सोचकर कि तीन-चार कुर्सियाँ होंगी, उनके आदमी से उन्होंने कहला दिया था कि कभी भी वे कुर्सियाँ भेजवा दें, उनका काम हो जाएगा। पर उन्हें क्या पता था कि वह आज ही भेजवा देंगे। और मरम्मत के लिए तीन-चार कुर्सियाँ नहीं, दो रिक्शे भर। फोकट का काम करवाने में आदमी ऐसे ही बेमरौव्वत हो जाता है। अन्दर ही अन्दर वे झल्ला उठते हैं—मेहनत और ईमानदारी से मर-मर कर काम भी करो और खुशामद में इन सालों की बेगारी भी।

दोनों रिक्शों को बाहर रुकवा कर बुशर्टवाला दुकान के अन्दर आ जाता है। वह थोड़ा भीग भी गया है। बिना किसी औपचारिकता के वह पूछता है—कहाँ रखवाऊँ इन कुर्सियों को। रंगवाने के लिए इन्हें लाया हूँ।

वही मियाँ पहले से ही गुस्सा खाये बैठे थे। वे तुरन्त उबल पड़ते हैं—कहीं जगह है भी रखने के लिए कि मेरे सिर पर रखिएगा।

बुशर्टवाला भौचक सा वहीद मियाँ का मुँह ताकने लगा। फिर वह तेश में आ जाता है—आप तो इस तरह बिगड़ रहे हैं जैसे मैं अपने मन से इन कुर्सियों को लाया हूँ। आपके लड़के ने ही तो कल कहा था। फिर उसका चेहरा क्रोध से तमतमा उठता है—आपके लड़के कितने कायदे से बात करते हैं और एक आप हैं...मैं कोई चोर उचक्का नहीं हूँ। यहीं डिग्री कॉलेज में पढ़ाता हूँ...मुझे अगर पहले से पता होता कि आप ऐसा सलूक करेंगे, तो मैं कतई नहीं आता। फर्नीचर की दुकानें शहर में और भी हैं...

फौरन वहीद मियाँ अपनी गलती समझ जाते हैं। बुशर्ट वाले के प्रति अपनी बेहूदा बरताव के लिए ही मन ही मन शर्मिन्दा भी महसूस करने लगते हैं। वहीद मियाँ मुहफट है, गुस्सैल भी। लेकिन दिल के साफ हैं। बुशर्ट वाले की बात काट कर वे तुरन्त बोल पड़ते हैं—"बस बस रहने दीजिए मास्टर साहब! याद आ गया...हमीद ने कल आपके बारे में बताया था। उनकी आवाज में पछतावा के साथ-साथ नरमी भी आ जाती है। फिर अपने सामने पड़ी बेत की कुर्सी की ओर इशारा करते हुए वे बाअदब अर्ज करते हैं—तशरीफ रखें।

भीगने के डर से दोनों रिक्शाचालक पहले ही दुकान के अन्दर आ चुके थे। कामगारों के साथ वे भी बीड़ी के कश का मजा लेने लगे हैं। उन्हें अपने पास बुलाकर वहीद मियाँ समझाते हुए कहते हैं—देखो भैया, रिक्शे से कुर्सियों को उतार कर, दुकान में जहाँ भी जगह मिले, एक के ऊपर एक करके रख दो। फिर अपने

एक कामगार को बुलाकर हिदायत देते हैं–यह छाता लो और सामने की दुकान से केतली में दो कप चाय लेते आओ। कह देना, वहीद मियाँ ने मँगवाया है। कुल्हड़ भी साथ में लेते आना।

बुशर्ट के उबलते ताव पर जैसे ठण्डे पानी का छींटा पड़ जाता है। यन्त्रचालित सा वह चुपचाप बैठ जाता है।

वहीद मियाँ फिर सहज होकर अपनी सफाई देने लगते हैं–दरअसल गलती से मैं आपको इनकमटैक्स इन्सपेक्टर का आदमी समझ बैठा था। अभी कल ही वह हरामखोर आया भी था...। अचानक वहीद मियाँ रुक जाते हैं। फिर थोड़ा गम्भीर हो जाते हैं। उनके भौहों पर घृणा और आक्रोश की मिली-जुली रेखाएँ उभरने लगती हैं। बीड़ी का एक लम्बा कश लेकर वे फिर कहने लगते हैं–मास्टर साहब, सच मानिए, इन हरामखोरों से तबियत आजिज़ आ गई है। कभी कोई आमदनी की जाँच करने चला आता है, कभी बिक्री की, कभी कुछ की...कुत्ते साले...बल्कि कुत्ता से भी गये गुजरे ...कुत्ते तो फिर भी अपने मालिक के लिए वफादार होते हैं, लेकिन ये...।

तभी चाय आ जाती है। वहीद मियाँ धारा प्रवाह बोलते-बोलते रुक जाते हैं, और कुल्हड़ से चाय सुड़कने लगते हैं। वहीद मियाँ की आत्मा अभी मरी नहीं है, यह जानकर मास्टर साहब को सकून सा होता है। फिर वे अपना लम्बा मौन तोड़ते हैं–सच बात तो यह है, खाँ साहब, कि ये सारे अफसर आदमी की खिदमत करने के आदर्श को ताक पर रखकर, अपनी कुर्सी का नाजायज फायदा उठाने में ही अपनी शान समझते हैं। फिर वे चुप हो जाते हैं और चाय की चुस्कियों के साथ-साथ दुकान में इधर-उधर बिखरे फर्नीचर और लकड़ियों पर नजर दौड़ाने लगते हैं।

पानी का गिरना काफी कम हो गया है। मास्टर साहब चलने की जल्दी में आ जाते हैं। मौसम का क्या ठिकाना? कहीं फिर पानी का गिरना तेज हो गया तो उन्हें बेवजह रुकना पड़ जाएगा। एक झटके से वे उठ पड़ते हैं–इन कुर्सियों को रंगवाना है, दो की मरम्मत भी होनी है। बाँहें इनकी टूट गई हैं। फिर पैन्ट को ऊपर सरकाते हुए वे पूछ पड़ते हैं–कब तक हो जाएगा?

हफ्ते बाद आ जाइएगा। तब तक आपका काम जरूर हो जाएगा। वायदा खिलाफी नहीं होगी।

और पैसे।

उसकी फिक्र मत कीजिए मास्स्टर साहब। जो वाजिब दाम होगा वही लिया जाएगा। वहीद मियाँ बड़े फख्र के साथ कहते हैं।

□□□

दोपहर का समय है। आसमान में छुटपुट बादल तैर रहे हैं। उमस काफी है। वहीद मियाँ अपनी दुकान में चिन्तित बैठे हैं। एक तो सलमा की बीमारी, दूसरे सार्वजनिक निर्माण विभाग वालों की नोटिस। एक हफ्ते के अन्दर-अन्दर दुकान हटाने की नोटिस मिल चुकी है। नहीं तो उनकी दुकान को गिरवा दिया जाएगा। इस सार्वजनिक सड़क के किनारे उन्हीं की नहीं औरों की भी दुकानें हैं। नोटिसें उन्हें भी दी जा चुकी हैं। आखिर इतने दिनों बाद सरकार को सूझी है दुकानों को हटाने की। ऐसी बात भी नहीं है कि वहीद मियाँ की दुकान की वजह से सड़क के आवागमन में कोई अड़चन होती हो। एक तो सड़क ही काफी चौड़ी है। दूसरे उनकी दुकान सड़क से काफी हट कर भी है।

वहीद मियाँ की समझ में नहीं आ रहा है कि अपनी दुकान यहाँ से हटा कर कहाँ ले जाए। कोई दूसरी दुकान भी नहीं मिल रही है कि इसे वे तुरन्त ही खाली कर दें। अजीब है यह सरकार। वह सिर्फ उजाड़ना जानती है बसाना नहीं। वह भी उस जैसे लोगों को उजाड़ा जा रहा है जो अपने मेहनत की कमाई खाते हैं।...और चौक की सड़क पर तो काफी बड़ी-बड़ी दुकानें हैं, जिनके सामने फुटपाथ भी नहीं है। सड़क भी संकरी है लेकिन...फिर यह सोचकर वे बला को टाल देते हैं कि सार्वजनिक विभाग वाले ऐसे ही धमका रहे हैं। वह अभी से क्यों परेशान हो। दुकान हटाने की नौबत जब आएगी तो देखा जाएगा। आने वाली मुसीबत को कल पर टाल कर वहीद मियाँ को थोड़ी राहत मिलती है।

तभी साइकिल से उतर कर अन्दर आते मास्टर साहब दिखाई पड़ते हैं। इस बार उन्होंने कमीज पैंट पहन रखा है। वे कुछ जल्दी में हैं, शायद अन्दर आते ही वे पूछते हैं–क्यों, खाँ साहब, सामान सब तैयार हैं न?

–हाँ, मास्टर साहब।

–तो शाम को मैं आकर ले जाऊँगा। अभी जरा जरूरी काम से बस-स्टेशन जाना है।

–आप अपने सामान अभी लेते जाइए...बड़ा एहसान...होगा दुकान हटाने की नोटिस मिल चुकी है। मैं बड़ी परेशानी में पड़ गया हूँ। दुकान अगर हटाना ही पड़ गया तो इन्हें कहाँ-कहाँ ढोता फिरूँगा।

मास्टर साहब ने सोचा, वहीद मियाँ ठीक कह रहे हैं। इधर कई दिनों से शहर को "स्वच्छ और सुन्दर" बनाने का अभियान जोरों से चल रहा है। अनेक दुकानों को खाली कराया जा रहा है। स्टेट बैंक के सामने की तिकोनी जमीन पर बनी झुग्गी-झोपड़ियों और दुकानों को गिरवाकर वहाँ फव्वारा बनाने की "योजना"

है। सड़कों के दोनों तरफ की दुकानों को गिरवाकर उन्हें और चौड़ा किया जाएगा। उन्हें यह सोचकर हैरत होती है कि जहाँ अधिसंख्य आबादी भुखमरी और बेरोजगारी की मार से दम तोड़ रही है, वहाँ नगरों को "स्वच्छ और सुन्दर" बनाने में लाखों रुपए बरबाद किये जा रहे हैं...लेकिन वहीद मियाँ को भी अपनी दुकान हटाने की नोटिस मिल जाएगी, यह उन्होंने सोचा ही नहीं था।

—ठीक है। मैं अभी ले जाता हूँ...और मेहनताना?

—अस्सी रुपए...। वहीद मियाँ पहले से ही हिसाब जोड़े बैठे थे।

—अस्सी! मास्टर साहब को बड़ा आश्चर्य हुआ। सिर्फ रंगाई और दो कुर्सियों की मरम्मत के अस्सी रुपए! उन्हें लगा वहीद मियाँ कुछ ज्यादा चार्ज कर रहे हैं। उन्हें पहले ही मेहनताना तय कर लेना चाहिए था। अपनी नाराजगी दिखाते हुए वे कहते हैं—आप कुछ ज्यादा ले रहे हैं।

—मैं बिल्कुल ठीक ले रहा हूँ आठ कुर्सियों की रंगाई और दो की मरम्मत। वहीद मियाँ वाजिब आदमी हैं और वाजिब दाम लेते हैं।

—लेकिन कुछ तो कम करना ही होगा आपको।

—एक पैसा भी कम नहीं लूँगा। मैं कोई बेईमान थोड़े हूँ। आप चाहे तो और दुकानों से भी रेट दरयाफ्त कर सकते हैं। लेकिन मैं अस्सी रुपए से एक पैसा भी कम नहीं लूँगा।

वहीद मियाँ फिर बुदबुदाने लगते हैं—या खुदा। यह साला जमाना ही ऐसा आ गया है। ईमानदारी दिखाना भी यहाँ गुनाह है।

मास्टर साहब ढीले पड़ जाते हैं। वहीद मियाँ टस से मस होने वाले नहीं हैं। उनसे उलझना फिजूल है। रुपए देते हुए वे विनम्रता ओढ़ लेते हैं—कुर्सियों को जरा बाहर रखवा दीजिए। मैं रिक्शा लेकर आ रहा हूँ।

□□□

सुबह-सुबह ही सार्वजनिक निर्माण विभाग के अधिकारियों ने किराये के मजदूरों को लेकर सड़क की दुकानों को गिरवाना शुरू कर दिया है। पी.ए.सी. और पुलिस के जवान सड़कों पर गश्त लगा रहे हैं। काफी हो-हल्ला होने लगा है। लेकिन सभी सहमे-सहमे से हैं। किसी में चूँ-चपड़ करने की हिम्मत नहीं है। काफी मजमा तमाशबीनों की तरह सड़क के दोनों तरफ लग जाता है। वहीद मियाँ ने ख्याल में भी नहीं सोचा था कि सार्वजनिक निर्माण विभाग वाले इतनी जल्दी दुकानें गिरवाने का काम शुरू कर देंगे। पहले से अगर उन्हें कुछ आभास मिल जाता तो कोई तरकीब भी करते। कचेहरी से रुकवाने का हुक्म ले आते। वह भी

आज इतवार होने के कारण बन्द...अब क्या करें...कहाँ जाएँ...। एक हताशा ने जैसे उन्हें जड़ बना दिया।

कुछ मजदूर वहीद मियाँ की दुकान में भी चले आते हैं। दो लम्बे-लम्बे बाँस भी उनके साथ हैं। दो अधिकारी उनका निर्देशन कर रहे हैं।

वहीद मियाँ की दुकान गिराने का हुक्म मजदूरों को मिल चुका है। दोनों बाँसों से हूरा देकर वे वहीद मियाँ की दुकान को ढहाने जा ही रहे थे कि वहीद मियाँ कड़क उठते हैं—रुक जाओ। मैं खुद ही अपने आदमियों से गिरवाये देता हूँ।

—मियाँ, अभी तक क्या कर रहे थे? एक अधिकारी व्यंग्य से मुस्करा पड़ता है। वह नीले स्ट्रेचलान की बेलबाटम पैंट पर सफेद कमीज और नीली टाई पहने हुए है। कुप्पा सा उसका काला-भुजंग चेहरा वैसे ही भद्दा लग रहा था जैसे नब्बे अंश का कोण बनाती उसकी बेडौल तोंद। एक बार वह भी वहीद मियाँ की दुकान पर फर्नीचर बनवाने के सिलसिले में आ चुका था। पर वहीद मियाँ अपने वाजिब दाम से एक पैसा भी कम लेने वाले नहीं थे। मन ही मन वह वहीद मियाँ को गाली देता है—साला, बड़ा वाजिब और ईमानदार बनता था। फिर तेवर बदलते हुए मजदूरों को डपटता है—तुम अपना काम करो। इन्हें बकने दो।

बेबस वहीद मियाँ अन्दर ही अन्दर क्रोध से काँपने लगते हैं।

देखते ही देखते उनकी दुकान ढहा दी जाती है। दुकान की लकड़ियाँ, फर्नीचर, औजार, टीन सभी कूड़े की तरह इधर-उधर फेंक दिये जाते हैं। वहीद मियाँ की दुकान के स्थान पर कुछ मलवा भर रह जाता है और रह जाती है एक दीवार और उसके पास की सपाट जमीन जिस पर अभी कुछ क्षण पहले वहीद मियाँ की फर्नीचर की दुकान खड़ी थी।

अपने फेके हुए सामान को, जिसमें मरम्मत के लिए आए ग्राहकों के कुछ फर्नीचर भी थे, वहीद मियाँ अपनी बेजान हाथों से धीरे-धीरे समेटने लगते हैं। उनका गुस्सा काफूर हो जाता है। उनके चेहरे पर एक मुर्दनी पुत जाती है। वे सोचने लगते हैं कि इन मलबों का क्या करें? इतने सारे सामानों को कहाँ ले जाएँ? घर में भी कोई फालतू जगह नहीं है...नई दुकान इतनी जल्दी कहाँ तलाशें...उनके कुनबे की परवरिश कैसे होगी?...फिर सलमा का बीमार चेहरा उनकी आँखों के सामने झूलने लगता है...कानपुर में उसका इलाज करने के लिए दो-तीन हजार कम-से-कम लगेंगे ही...एक दुकान का सहारा था...वह भी...एक बेबसी की चीख उनके मुँह से निकलती है और सिर को दोनों हाथों से थामें वे क्षण भर के लिए वहीं जड़वत बैठ जाते हैं।

2

नवागन्तुक

शोर से मेरी आँखें यकायक खुल गईं। मैंने देखा, मेरे सामने लम्बे कद का व्यक्ति खड़ा था। उसका शरीर देखने में भरा-भरा सा लग रहा था। वह मेरे सामने की बर्थ के उन दोनों व्यक्तियों से तकरार में उलझा था जो वहाँ पहले से ही बैठे थे। उनमें से एक फौजी लिबास में था और दूसरा पाजामे पर फौजी पुलोवर पहने हुए था। तकरार किस बात को लेकर हो रही थी, यह मेरी समझ में नहीं आया। लेकिन नवान्तुक काफी तैश में था। लेटे ही लेटे मैं तटस्थ श्रोता की हैसियत से चुपचाप स्थिति को समझने की कोशिश करने लगा। नवागन्तुक टोपी, जैकेट, कुर्ता, पजामा पहने था। वह रह-रहकर कभी मेरे पैरों के पास रखी मेरी अटैची को देखता फिर उन दोनों को गुस्से में तरेरता। फिर भी मेरे पल्ले कुछ नहीं पड़ा। तभी नवान्तुक उन दोनों पर आवेश में चीख पड़ा—"काण्ट यू. सी. माई लेफ्ट हैण्ड इज डिफेक्टिव" और अपने बाएँ हाथ को दिखाने लगा जिसकी अंगुलियाँ सचमुच निर्जीव सी झूल रही थीं। मैं तुरन्त समझ गया कि माजरा क्या है। झट मैं उठ बैठा। अपनी अटैची को उठाकर मैंने ऊपर वाले बर्थ पर रख दिया। फिर नवागन्तुक से मैंने विनम्र निवेदन किया—"बैठ जाइए।" मुझे यह सोच-सोच कर आत्मग्लानि होने लगी कि इस व्यर्थ की तकरार की वजह मेरी अटैची ही थी। अगर मेरी आँखें ढंप न गई होती तो शायद यह नौबत ही नहीं आती।

नवागन्तुक मेरी बगल में बैठ गया। वह चुप था। शायद अभी भी गुस्से में था। सामने की बर्थ वाले दोनों व्यक्ति आपस में फुसफुसाने लगे। नवागन्तुक ने एक क्षण के लिए अगल-बगल, ऊपर-नीचे बड़े रोब से एक सरसरी निगाह दौड़ाई। फिर अपने कुर्ते की दाईं जेब से चश्मे का केस निकाला और चश्मे को निकाल कर चढ़ा लिया। चश्मा काले फ्रेम का था जो उसके चेहरे को और भी गम्भीर बना रहा था। फिर जैकेट की दाईं जेब से एक नोटबुक निकाल कर वह लिखने लगा। मैंने

गौर किया कि उसका जैकेट, कुर्ता, पजामा और टोपी सभी खद्दर के थे। "यह जरूर कोई बड़ा नेता होगा..." यह बात मेरे अन्दर बैठ गई। इस अहसास से मेरे अन्दर एक डर भी समा गया। न जाने क्यों इन खद्दरधारी नेताओं से मुझे बहुत डर लगता है।

लेकिन इस डर के बावजूद नवागन्तुक के प्रति मेरी दिलचस्पी बढ़ने लगी। सचमुच अगर यह कोई बड़ा नेता निकला तो उसका परिचय मेरे लिए किसी दिन काम आ सकता है। शायद मुझे कोई नौकरी भी मिल जाए। एम. ए. करके दो साल से बेकार बैठा हूँ। नौकरी की तलाश में दर-दर की खाक छान रहा हूँ। मगर आजकल सिर्फ डिग्री रखने से क्या होता है। नौकरियाँ तो नेताओं की सिफारिश से मिलती हैं। फिर भी मेरे अन्दर यह साहस नहीं हो रहा था कि नवागन्तुक से कुछ पूछूं। नेताओं के मिजाज का क्या ठिकाना। कहीं मुझ पर भी बरस पड़े तो। मैं अजनबी सा चुपचाप बैठा रहा। चुप्पी ने हम दोनों के बीच और भी अन्तराल बना दिया। वह उसी तरह दत्तचित्त होकर अपनी नोट-बुक में कुछ लिखता जा रहा था। सामने वाले दोनों व्यक्ति भी यथावत् असम्पृक्त भाव से आपस में बातचीत करने में तल्लीन थे जिनके अस्फुट शब्द मेरे कानों तक पहुँचने के पहले ही ट्रेन के तिमिर-भेदी शोर में बिखर जाते थे। एक्सप्रेस ट्रेन अपनी पूरी रफ्तार में थी। डिब्बे में पूरी खामोशी थी। लेकिन मेरी नींद उचट चुकी थी।

अपनी नोटबुक में लिखते-लिखते नवागन्तुक ने यकायक अपना सिर उठाया। चश्मे से फौजी लिबास वाले पर दृष्टि डालते हुए उसने बड़ी गम्भीरता से पूछा : "सन् चौहत्तर में पहली जनवरी को कौन-सा दिन था? क्या आप हिसाब लगाकर बता सकते हैं?" मुझे आश्चर्य हुआ कि वह अपना गुस्सा इतनी जल्दी भूल गया। उसका यह बड़प्पन है। किसी बड़े नेता का सबसे बड़ा गुण भी यही है कि एक कुशल अभिनेता की तरह वह अपनी भंगिमा को परिस्थितियों के अनुकूल बदलता रहे।

फौजी लिबास वाले ने थोड़ा अचकचाते हुए कहा—"नहीं साहब। मिडिल में पढ़ा था जरूर। लेकिन अब याद नहीं रहा। अरसा हुआ मिडिल पास किए हुए।"

तभी अपने साथी को उबारने के लिए फौजी पुलोवर वाला बीच में ही बोल पड़ा, "मेरे बक्से में नए साल की डायरी पड़ी हुई है। जिसमें पिछले साल सन् पचहत्तर का कलैण्डर भी दिया हुआ है। आपका काम उससे चल जाएगा। कहिए तो उसे निकालूँ बक्से से।" लेकिन उसका बीच में टपक पड़ना नवागन्तुक को नागवार लगा।

"आप भी अजीब आदमी हैं। मुझे यों ही पता लगाना होता तो हिसाब लगाने की क्या जरूरत थी।" कहकर वह फिर खामोश हो गया। एक लम्बी साँस छोड़ते हुए उसने अपने आप से कहा : "एक और कोशिश करके देखता हूँ।" और फिर अपनी नोटबुक पर उसने हिसाब लगाना शुरू कर दिया।

वह अचानक प्रफुल्लित दिखाई पड़ने लगा। फौजी पुलोवर वाले की ओर देखते हुए उसने कहा : "अच्छा आप भी अपनी डायरी से देखें कि कौन-सा दिन, पड़ता है...मेरे हिसाब से तो सोमवार पड़ रहा है।"

फौजी फुलोवर वाला उठ पड़ा। ऊपर वाले बर्थ पर रखे बक्से को खोला और डायरी निकालकर देखने लगा।

"लेकिन साहब मेरे साहब से तो मंगलवार होना चाहिए।" डायरी के पन्ने उलट-पलट करने के थोड़ी देर बाद वह बोल पड़ा।

"हाँ...हाँ, हाँ ठीक...मंगलवार ही है।" अपनी नोट बुक को देखते हुए उसने अपने कलम की निब गड़ा दी। होठों को सिकोड़ते हुए उसने सिर हिलाया : "यहीं जोड़ने में मुझसे गलती हो गई थी।" वह अपने आप में ही बुदबुदाया और चुप हो गया।

बैठे-बैठे वह थकान सी महसूस करने लगा। एक हल्की जम्हाई के साथ बर्थ की पीठ पर अपनी पीठ उसने टिका दी। फिर थोड़ी देर बाद वह पूर्ववत तनकर बैठ गया।

"आपने कब पास किया था मिडिल?" उसने फौजी लिबास वाले से पूछा।

"शायद सन् छियालीस में" फौजी लिबास वाले ने अपनी याद को टटालते हुए कहा।

"और मैंने सन् चालीस में। लेकिन मुझे अभी तक यह इबारत याद है। सिर्फ एक दो जगह भटक रहा था।" एक विजेता की मुस्कान उसके होठों पर खेलने लगी।

"मिडिल से आगे कहाँ तक पढ़ा है?"

"बस मिडिल तक।" फौजी लिबास वाले ने सादगी के साथ कहा।

नवान्तुक को जैसे कोई सुराग मिल गया—"शायद इसीलिए आपने इतनी तहजीब नहीं आ पाई कि यह देखकर कि मेरा एक हाथ बेकार है, आप अटैची को उठा देते।" फिर उसने मेरी ओर इशारा करते हुए कहा : "आपको ही देखिए। आप जरूर पढ़े-लिखे लगते हैं। बिना मेरे कुछ कहे ही आपने तुरन्त अपनी अटैची उठाकर ऊपर रख दिया। "दूसरे को अटैची में क्यों छूता।" फैली लिबास वाले ने एक दबा-दबा सा आक्रोश व्यक्त किया।

कहीं बात बढ़ न जाए, इसलिए बात बदलने के लिए मैंने बहुत डरते-डरते पूछा : ''कहाँ...आप?'' मैं उससे यह पूछना चाहता था कि वह कहाँ जा रहा है, अपने निर्वाचन क्षेत्र में या और कहीं। लेकिन मैं इतना भयभीत था कि शब्द मेरे गले में आकर अटक गये।

''मैं गॉड हूँ...'' उसने वजनी आवाज में कहा और फिर मुस्कराने लगा। मुझे लगा, वह मुझ पर रोब डालने के लिए व्यंग्य कर रहा है।

''...यानी गार्ड...यानी जनता का रक्षक।'' उसके मसखरेपन की दार्शनिकता पर मुझे हँसी भी आने लगी। लेकिन मैंने हँसी पर लगाम लगा ली। कहीं वह नाराज हो गया तो मेरा अहित भी कर सकता है। लेकिन साथ ही मैंने यह भी महसूस किया कि वह कुछ-कुछ खुलने लगा था। मेरा भय कुछ कम होने लगा। मैंने विनम्रता से पूछा : ''आपका...शुभनाम!

''मेरा नाम! हा-हा-हा-हा...'' वह खिलखिला कर हँस पड़ा। मैंने देखा, आगे के उसके ऊपरी दाँत टूट चुके थे।

''...अजी साहब, जैसा काम वैसा नाम।'' उसने अपनी बात पूरी की : ''मेरा नाम आर. टी. यानी गाड़ी को राइट टाइम से ले जाने वाला राघवेन्द्र तिवारी।''

आदमी बड़ा दिलचस्प लगता है, मैंने सोचा।

नवान्तुक थोड़ा सरक कर मेरे और करीब आ गया। रात के दो बज रहे थे। ओड़िहार स्टेशन आने वाला था। सामने के दाने यात्री झपकियाँ लेने लगे थे।

मेरा भटक तब तक काफी खुल चुका था। मैंने उससे पूछा, ''आपका हेड क्वार्टर?'' अपने सन्देह को दूर करने के लिए मैंने इतनी सहजता से पूछा कि वह कुछ भी ताड़ न सके।

''वाराणसी...'' उसने अरुचि दिखाते हुए कहा, जैसे उसके मुख का स्वाद बिगड़ गया हो।

''कहाँ से आना हो रहा है!''

''घर गया था। वहीं से लौट रहा हूँ। छः हफ्ते की सिक लीव ले रखी थी।'' वितृष्णा से उसने होठों को भींचा—''नौकरी में मन नहीं लगता। काम करने का कोई इन्सेन्टिव भी नहीं''—उसका चेहरा उतरा सा लगने लगा।

''...चौबीस साल हो गये मुझे नौकरी करते, लेकिन अभी तक गार्ड ही हो पाया हूँ, वह भी सी ग्रेड का और आठ साल में रिटायर भी हो जाऊँगा...मेरे साथ के कई लोग इस समय डी.ओ.पी.एस. हैं, डिप्टी तक हो गये हैं...लेकिन मैं...मुझे तो मेडिकल में हर बार फेल कर दिया जाता है...''

एक हल्की जम्हाई के साथ फिर वह चुप हो गया। उसने टोपी उतारी और सिर को जो बीच में गंजा हो चला था, खुजलाने लगा। उसकी अमूर्त तकलीफ मुझे अन्दर तक कुरेद गई।

''आपने अपील क्यों नहीं की।'' उसकी सहानुभूति में बोल पड़ा।

''किससे अपील करूँ? कोई सुनने वाला है भी?''

''यह तो सरासर धाँधली है।'' मैंने उसे सांत्वना दी।

''और विडम्बना तो यह है कि'' आवेश में उसकी मुट्ठियाँ बँध गईं...''ड्यूटी पर मैं हमेशा मुस्तैद रहा हूँ। वर्क को वर्शिप समझता रहा हूँ। हाँ, इतना जरूर है कि कभी किसी अफसर की चापलूसी नहीं की। चापलूसी वह करे जो कमजोर और निकम्मा हो। लेकिन यहाँ तो साहब सब कुछ उल्टा होता है। कामचोरों को, निकम्मों को तरक्की मिलती है महज चापलूसी के कारण और बेचारे निष्ठावान अपनी योग्यता की सजा भुगतते रहते हैं...''

''बस यही बात है। आपने कभी अफसर की चापलूसी नहीं की इसीलिए तो आपको....''

''और यही वजह है'' वह इतना अधीर हो उठा कि मेरी बात को बीच में ही काट कर बोल पड़ा कि ''मैं असमय बूढ़ा भी हो चला हूँ...अपाहिज भी।'' फिर उसकी भौहें तन गईं...''मैंने तो साहब...मैंने...'' मारे गुस्से में वह बोल नहीं पा रहा था। अपनी मुट्ठियाँ तानते हुए उसने फिर कहा...''मैंने तो यह फैसला कर लिया है कि ड्यूटी ज्वाइन करने के बाद नौकरी से इस्तीफा दे दूँगा...फिर कोई छोटा-मोटा व्यवसाय शुरू करूँगा...आगे जो भी पड़ेगा मैं झेल लूँगा...''

मैं एक क्रूर सच्चाई से साक्षात्कार कर रहा था जिसके अहसास से मैं सहम सा गया। मुझे दहशत सी होने लगी। वह इतना बड़ा जोखिम उठाने जा रहा है, वह भी इस स्थिति में जबकि वह अपाहिज हो चला है और इस अवस्था में जबकि उसे कुल आठ साल रिटायर होने में रह गये हैं। उसके बच्चे होंगे, बीवी होगी, ढेर सारी जिम्मेदारियाँ होंगी...वह नादानी कर रहा है...मैंने सोया।

''सोच-समझ लीजिए...मेरे विचार से इतना बड़ा रिस्क लेना ऐसी परिस्थिति में ठीक नहीं होगा।'' मैंने अपनी राय दी।

''रिस्क! इसे आप रिस्त कहते हैं'' वह आँखें फाड़ कर मुझे देखने लगा ''यह रिस्क नहीं है। यह लड़ाई है, जीने के लिए। आदमी की तरह जीने के लिए। और आदमी की तरह जीने के लिए हमें पग-पग पर परिस्थितियों से लड़ना होगा,

उन्हें अपने अनुकूल बनाना होगा...नहीं तो...खुद मेरी समझ में यह बात अब आई, इतना भुगतने के बाद...आप ही बताइए, जिस नौकरी में आदमी अपनी अस्मिता खो बैठे, घुल-घुलकर जीने के लिए मजबूर हो जाए, उस नौकरी में क्या रखा है—और अजीब बात यह है कि इस मृगतृष्णा के पीछे हम बराबर भागते रहते हैं।'' मुझे लगा जैसे उसने मुझे अन्दर तक झकझोर दिया।

रात के सन्नाटे में धरती के हृदय को चीरती हुई गाड़ी चली जा रही थी। सामने वाले बर्थ पर बैठे वे दोनों यात्री ऊंघने लगे थे। तभी एकाएक गाड़ी की गति मद्धिम हो गई—फिर गाड़ी आउटर सिंगनल भी पार कर गई।

''औड़िहार आ गया'' नवगन्तुक की बात काट कर मैंने कहा, ''मुझे यहीं उतर जाना है।'' मैंने महसूस किया कि अन्दर की तिलमिलाहट मेरे लिए असह्य होने लगी है।

''कहाँ जाना है आपको।'' उसने पूछा।

''गाजीपुर। यहीं से गाड़ी बदलनी पड़ती है।''

''आपसे मिलकर बड़ी खुशी हुई'' वह मुझे विदाई देने लगा : ''लेकिन आपका नाम मैंने तो पूछा नहीं।''

''मुझे...घनश्याम वर्मा...''

''क्या करते हैं आप?''

मुझे लगा कि उसकी पैनी आँखें कुछ टटोलने लगी हैं। ''मैं...मैं मेरी आवाज बँध गई। इस आकस्मिक परिस्थिति के लिए मैं तैयार नहीं था।

''एम.ए. कर रहा हूँ।'' मैं सच बतलाने से कतरा गया।

प्लेटफार्म पर आकर गाड़ी रुक जाती है। मैं झट उठ खड़ा हो गया। अटैची को संभालते हुए उसे नमस्ते किया और गाड़ी से उतर पड़ा।

दो नम्बर के प्लेटफार्म पर आकर मैंने अटैची बेंच पर रख दी। गाजीपुर वाली छपरा पैसिंजर के आने में अभी दस-पन्द्रह मिनट की देर थी। बेंच के आस-पास ही टहलने लगता हूँ। फिर न जाने क्यों मैं बेचैनी सा महसूस करने लगता हूँ। लगा जैसे नवागन्तुक की मर्मभेदी चुनौती ''यह रिस्क नहीं है, यह लड़ाई है जीने के लिए। आदमी की तरह जीने के लिए...'' मेरे कानों से निरन्तर टकराने लगी।

3

भय

दिन के नौ बजे होंगे। ठण्ड अधिक थी। पिछले दो दिनों से ठण्डी हवा बहने के कारण ठण्ड और भी ज्यादा बढ़ गई थी। दिल को कंपा देने वाली ठण्ड। लेकिन कहीं बदली नहीं थी। यही गनीमत थी।

सलीम अपनी कोठरी में गठरी बना सी-सी कर रहा था। उसकी उम्र करीब बारह साल की होगी। बूढ़ी अम्मी वहीं चूल्हे में फू-फू कर रही थी। अलमुनियम के टूटे भगोने में वह दाल पका रही थी। नईम बाहर रिक्शा पोछ रहा था। वह रिक्शा चलाता था। नौ साढ़े नौ बजे तक वह रिक्शा लेकर निकल जाता था।

बूढ़ी अम्मी ने उकड़ू बैठे सलीम को देखा तो बोल पड़ी—"जाता नहीं धूप खाने...ठण्ड लग जाएगी तब पता चलेगा।" फिर झुके-झुके बाहर आकर नईम से कहा—"दाल हो चली है। रोटी सेंक देती हूँ। खाकर जाना।" टघर-टघर कर कहरते हुए वह फिर चूल्हे के पास आ गई। कई दिनों से उसकी तबियत खराब चल रही थी। कमर में दर्द, गाँठ-गाँठ में दर्द। उठने-फिरने में तकलीफ। जैसे बुढ़ापा ने धर दबोचा हो। साठ साल में इतनी बुढ्ढी हो गई कि सत्तर-अस्सी साल की लगने लगी थी। लेकिन जैसे भी हो उसे खाना पकाना ही पड़ेगा। नहीं तो कौन घर में बहू बैठी हुई है जो पकाएगी।

सलीम बाहर निकल आया धूप खाने के लिए। इस ठण्ड में भी वह सिर्फ एक फटा गन्दा कुचैला पाजाम और आधी बांह की कीचट बनियाइन पहने हुए था। वह अपने घर के पीछे एक चौड़ी गली में आ गया जो उसके घर से बीस-पच्चीस गज के फासले पर थी ताकि वह थोड़ी खुली जगह में अच्छी धूप पा सके। वह जमीन पर कुंडली मारकर चुपचाप धूप खाने बैठ गया। उसके हाथ में दस-दस पैसे के दस सिक्के थे। उन्हें वह एक-पर-एक रखकर बाईं गदोली पर रखता। दसों सिक्कों को एक-पर-एक रख लेने के बाद थोड़ी देर उनसे बनी

आकृति को देखता फिर एक-एक कर उन्हें उठा लेता। फिर एक-पर-एक उन्हें गदोली पर रखने लगता। शायद उसे कोई सकून मिलता हो उन पैसों को गदोली में इकट्ठा देखकर।

नियाज भी थोड़ी देर बाद वहाँ आ गया। इसी मिसकार टोले का वह भी है। उसकी उम्र सोलह साल की होगी। उसके साँवले रंग पर टँगा पाजामा और कमीज और भी गन्दे लग रहे थे। हालाँकि गौर से देखने पर उसके कपड़े सलीम से कम गन्दे थे। कमीज के ऊपर वह एक काला सूती जैकेट पहने हुए था जिसकी जेबें फटी हुई थीं। वह इस टोले के मेठ लौंडों में से था। धीरे-धीरे वह अपने अब्बा की जगह ले रहा था जो अब पचास की उम्र पार कर चुका था। अब्बा की तरह वह भी पुलिस में ब्लैक लिस्टेड था। चोरी और गिरहकटी के इलजाम में कई बार सजा भी काट चुका है। उसने रोब दिखलाते हुए सलीम से पूछा—"अबे, कहाँ से मार दिया ये पैसे!"

सलीम का चेहरा गुस्से से तमतमा उठा। उसके भाई नईम ने परसों ही ईद के मौके पर उसे चीज खाने के लिए दिए थे। इन्हें खर्च करने में उसे बड़ा मोह लगता था। लेकिन कोई सफाई देने की जरूरत उसने नहीं समझी।

"तुमसे मतलब!" वह झुंझला पड़ा। आखिर वह भी अक्खड़ नईम का छोटा भाई जो ठहरा।

नियाज कुछ नर्म पड़ गया। फिर खिसियाया हुआ सा अपनी झेप को मिटाने के लिए वह मुस्कराने लगा। फिर एक बनावटी मोलायमियत से कहने लगा—"पचास पैसे मुझे भी दे दो। कल दे दूँगा।"

"मैं नहीं देता।" सलीम ने बेबाक ढंग से कहा। नियाज ने फिर कई बार कहा। चिरौरी तक करने लगा। लेकिन सलीम ने यह हठ कर लिया था कि वह पैसा नहीं देगा। उसके भइया की मुसक्कत की कमाई थी। कोई हराम की नहीं। नियाज के कई बार चिरौरी करने से वह और भी चिड़चिड़ा पड़ा।

"मादर...बहन..." उसके मुँह से अनायास ही गालियाँ निकल आईं। नियाज को शायद इसी मौके का इन्तजार था। वह उस पर झपट पड़ा और उसकी पिटाई करने लगा। सलीम चिंघाड़ मारकर रोने लगा।

घर भागकर उसने अपने भाई से आधी-पूरी बातें रोते-बिलखते हुए बताईं। नईम रिक्शा लेकर निकलने ही वाला था। इस टोले में आये उसे दो साल से अधिक हो गये थे। लेकिन वह टोले के लोगों के पास बहुत कम उठता-बैठता था। दिन भर रिक्शा चलाता और रात को थका-माँदा लौटता और आते ही झलंगरी

खाट पर ढेर हो जाता। लोगों के यहाँ उठने-बैठने के लिए उसके पास वक्त ही नहीं रहता और न ही वह इसे कोई खास अहमियत ही देता। पर उसकी यह बेरुखी टोले वालों को बहुत अखरती थी। वे सोचते, उसमें अभी ऐंठ है। बाद में वह भी रास्ते पर आ जाएगा। उनका यह सोचना कुछ हद तक ठीक भी था क्योंकि मदरसा जाना छोड़कर सलीम दिन भर उन्हीं के बदमाश लौंडों के साथ रहते-रहते गन्दी गालियाँ भी सीख गया था।

सलीम का रोना सुनकर वह आपे से बाहर हो गया। अगर उसने गाली दे भी दी तो उससे आकर बताया होता। वह खुद उसे पीटता। लेकिन उसे उसके भाई को पीटने का क्या हक? वह झपटकर अन्दर से एक फटा हुआ बाँस निकाल लाया। नियाज अपने गिरोह के साथ पहले से ही खड़ा था उससे निबटने के लिए। उसके गिरोह के सभी लौंडे चाकू-छुरे से लैस थे। पास पहुँचते ही नईम ने आव देखा न ताव, फटाक से एक बाँस नियाज पर दे मारा जिसे उसने झट सधे ढंग से अपने दाएँ हाथ पर ले लिया। उसकी अंगुलियाँ कट गईं और थोड़ा खून भी बहने लगा। फिर तो वह अपने गिरोह के साथ उस पर बाघ की तरह टूट पड़ा। मार-मार कर उसे अधमरा कर दिया। गनीमत थी कि चाकू-छुरे नहीं चले। मिसकारों का काफी मजमा तमाशबीन बनकर इकट्ठा हो गया। कुछ लोगों ने बीच-बचाव भी किया। हंगामा किसी तरह शान्त हुआ।

नियाज ने थाने जाकर रपट भी लिखवा दी कि नईम ने उसे माँ बहन की भद्दी गालियाँ दीं और चाकू से उस पर वार भी किया जिससे उसकी अंगुलियाँ कट गईं। सबूत में उसने कटी हुई अंगुलियाँ दिखा दीं जिन पर खून जम गया था...

थाने से दरोगा जी आ गए, उनके साथ एक सिपाही भी था। पुलिस का आना मिसकारों के लिए आम बात थी। उनहें जेल जाने का भी भय नहीं था। वे जानते थे कि अगर वे जेल भी चले गए तो उनके मुहल्ले के नामी-गिरामी वकील मेहता साहब उनकी पैरवी करके उन्हें छुड़ा लेंगे या उनकी जमानत ले लेंगे। और मेहता साहब नगरपालिका का चुनाव इन्हीं मिसकारों के वोटों के बल पर जीतते थे। मजाल है कि उनका एक भी वोट मेहता साहब के खिलाफ चला जाए। वे अपना वोट मेहता साहब को इसलिए नहीं देते थे कि उन्होंने इस टोली की कोई खास तरक्की करवाई हो। हाँ, इतना फर्क जरूर हुआ है कि पिछले दस सालों में गलियाँ जो पहले गन्दी थीं अब उतनी गन्दी नहीं थीं। पहले वे कच्ची थीं। अब उन पर ईंटें बिछ गई थीं। लैम्प-पोस्ट की जगह तीन-चार ट्यूब लाइट लग गये थे। एक-दो जगह आम इस्तेमाल के लिए पानी के नल भी लग गये थे। और मिसकार

समझते थे कि उनका टोला मेहता साहब की वजह से तरक्की पर था। और सबसे बड़ी बात तो यह कि वे मेहता साहब के जीते जी अपने को महफूज समझते थे। अगर उनमें से कोई दबी हुई आवाज में यह शक जाहिर भी करता कि मेहता साहब की शान व शौकत और उनकी आलीशान इमारत, ये सब उन्हीं के वोटों के कमाल हैं, तो वे उस पर बिगड़ पड़ते—"तुम्हें शर्म नहीं आती उन पर, इल्जाम लगाते हुए जिनकी छांह में हम सब जी रहे हैं। वे हमारे माई-बाप हैं।"

मसजिद के सामने मिसकारों की भीड़ पुलिस को घेरकर खड़ी हो गई थी। नईम और नियाज दोनों को बुलवाया गया। थोड़ी देर बाद भीड़ के इत्मीनान के लिए दरोगा जी ने दोनों से एक-एक कर पूछताछ की।

पहले नईम से दरोगा जी ने पूछा, "तूने क्यों मारा?"

"हुजूर, इसने मेरे भाई को पीटा..." नईम गिड़गिड़ाने लगा।

"साले, तो थाना किसलिए है...बदमाशी करते हो...हरामजादे...और फिर चाकू क्यों मारा?"

"यह सरासर झूठ है, हुजूर! मैं तो चाकू-वाकू रखता भी नहीं है।"

"तो फिर इसकी अंगुलियाँ कैसे कटीं?" दरोगा आग-बबूला हो उसे घरूने लगा।

नईम चुप था। उसके पास कोई जवाब नहीं था।

"मादर...चोरी और सीना जोरी...स्साला घुटा हुआ बदमाश लगता है..." दरोगा ने सटाक-सटाक दो बेंत कस कर उसके चूतड़ों पर जड़ दिये। वह पनियाई आँखों से दरोगा को देखता रहा। लेकिन उसके अन्दर रह-रहकर जैसे कोई लावा फूट रहा हो। उसका मन हुआ कि दरोगा पर झपट पड़े। आगे जो होगा देखा जाएगा। इस तरह बेगुनाह जुल्म सहने से तो मौत लाख गुना अच्छी है...लेकिन इस आतंक के माहौल में वह इतना सहमा हुआ था कि जड़ा सा हो गया था।

"साला, अभी भी घूर रहा है।" दरोगा ने कड़क कर कहा।

नईम की बूढ़ी माँ भी धीरे-धीरे चलकर आ गई थी। दरोगा के पैरों पर वह गिर पड़ी, "हम बहुत गरीब है सरकार मेरे बेटे को माफ कर दो...सरकार...वह बेकसूर है।"

भीड़ में हल्की-फुल्की फुसफुसाहट के अलावा कोई खास प्रतिक्रिया नहीं थी। कुछ तो खौफ के कारण सहमे से थे और कुछ बदले की भावना से मन ही मन खुश हो रहे थे कि साला बड़ा ऐंठता था।

दरोगा ने फिर नियाज से पूछा, "तुमने क्यों उसके भाई को मारा?"

"उसने मेरी माँ-बहन को गाली दी थी...हुजूर!"

"तो तुम भी गाली दे देते, मारने की क्या जरूरत थी।" फिर एक बनावटी गुस्सा दिखाते हुए कहने लगे, "तुम सब लात-जूतों के आदमी हो।"

दरोगा जी अब चलने को हुए। उन्होंने सिपाही से कहा, "इन दोनों को थाने ले चलो, इंचार्ज साहब के सामने।"

नईम और नियाज को लेकर दरोगा जी और सिपाही थाना चलने लगे। सारी भीड़ उन लोगों के साथ चलने लगी। जैसे कोई बहुत बड़ी दुर्घटना हो गई हो। फिर नीम के पेड़ वाले चौराहे पर पहुँच कर भीड़ वापस चली गई।

दरोगा ने पीछे मुड़कर सरसरी निगाह दौड़ाई। भीड़ छट चुकी थी। सिर्फ नियाज के अब्बा अयूब खाँ साथ-साथ चल रहे थे। दरोगा जी ने मौका देखकर सिपाही को हल्के से आँख मारी। सिपाही उनका इशारा समझ गया। दरोगा जी जान-बूझकर आगे बढ़ गये।

सिपाही ने चलते-चलते नियाज को किनारे कर कहा, "दरोगा जी खफा हैं कि अभी उनका पहले का ही हिस्सा नहीं मिला है। बीस पहले का और बीस इस बार का है। नहीं तो इस बार पूरे साल भर की सजा होगी।"

वह राजी हो गया। उसने अब्बा की ओर मुड़कर उनके कान में फुसफुसाया। अयूब खाँ ने बनियान के अन्दर की जेब से चालीस रुपये निकाल कर उसे थमा दिये। नियाज ने फिर उसे सिपाही की ओर बढ़ा दिया।

फिर सिपाही ने नईम को किनारे ले जाकर कहा, "दरोगा जी तुम पर बहुत अलफ हैं। चाकू चलाने का तुम्हारा जुर्म साबित हो चुका है। छः महीने से कम की सजा नहीं होगी...और बीस रुपये निकालो तो दरोगा जी से तुम्हें छोड़ने के लिए कहूँगा..."

नईम एक क्षण के लिए सोच में पड़ गया। उसके पास एक पैसा भी नहीं था। उसने सोचा कि वह कह दे कि कहाँ से लाये पैसे। खून-पसीने की कमाई से खुद तो वह किसी तरह अपने या भाई के लिए सिर्फ दो जून की रोटी-दाल ही जुटा पाता है...लेकिन अगर उसे सजा हो गई...तो...छः महीने के लिए ही सही...तो उसके माँ-बाप का क्या होगा...किसके सहारे रहेंगे वे...छः महीना तो बहुत लम्बा वक्त है। इस बीच बहुत कुछ हो सकता है। अम्मी इतनी कमजोर हो चली है कि कब चल बसे कौन ठिकाना!

"हुजूर" उसने थोड़ी हिम्मत बाँधी। फिर हाथ जोड़ता हुआ मिन्नतें करने लगा, "मेरे पास तो इस समय एक पैसा भी नहीं है। लेकिन रिक्शे की कमाई से मैं तीन-चार दिन में आपको खुद आकर दे जाऊँगा।"

सिपाही ने एक पल के लिए उसे तरेरा जैसे उसे तौलना चाहता हो—"ठीक है। इस शर्त पर छोड़ सकता हूँ। लेकिन इतना समझ लेना कि पुलिस से आँख बचाकर कोई निकल नहीं सकता।"

"इसे मैं आपका बड़ा एहसान मानूँगा।"

घर लौटते हुए नईम पुलिसवालों पर मन ही मन गालियाँ बरसाने लगा। हरामी...सालों...मेहता साहब को क्यों नहीं कुछ कहते! वे खूब जानते हैं कि वह गुण्डों को पालता है। उनसे चोरियाँ करवाता है, डाकें डलवाता है, बल्कि वह हर बार मुनिसपलटी का मिम्बर भी चुन लिया जाता है और ये ही सब मिसकार उसे वोट देते हैं। खुद तो चौपट हैं ही ये मिसकार, उसे और सलीम को भी चौपट कर देंगे। पुलिसवाले भी अब आये दिन उस पर झूठे इल्जाम लगाकर तंग करेंगे। फिर उसे ही मजबूर होकर मिसकारों की तरह उन्हीं भाई-बाप मेहता साहब की पनाह में जीना पड़ेगा...

जितना वह सोचता उसका भय बढ़ता जाता।

4

मुर्दा चेहरों के बीच

साहित्य के प्रति रुझान दीनानाथ शर्मा में बचपन से ही थी। इसीलिए उनकी हार्दिक अभिलाषा थी कि हिन्दी अथवा अंग्रेजी से एम.ए. करके वे किसी कालेज में शिक्षक बन जाएँ। परन्तु दायित्व-बोध की भावना भी उनके अन्दर शुरू से ही प्रबल थी। इसी दायित्व-बोध के कारण उन्होंने बी.ए. के आगे पढ़ने का अपना इरादा त्याग दिया ताकि कहीं कोई नौकरी कर वे अपने बड़े भाई के पारिवारिक जिम्मेदारी में हाथ बँटा सकें क्योंकि उन्होंने महसूस किया कि उनके पिताजी की आकस्मिक मृत्यु के बाद उनके परिवार के पाँच प्राणियों की परवरिश का भारी बोझ उनके बड़े भाई के दुर्बल कंधों पर आ पड़ा है।

सौभाग्य से रेल आयोग द्वारा वे अवर-लिपिक के पद के लिए चुन भी लिए गये और उनकी नियुक्ति एकाउन्ट्स आफिस में स्टोर्स डिपार्टमेंट के लेजर सेक्शन में कर दी गई। नौकरी में आते ही वे आफिस का कार्य पूरी निष्ठा और लगन से करने लगे। अपनी मेहनत के बल पर वे एक साल के अन्दर ही विभागीय परीक्षा पास कर प्रवर लिपिक हो गये। अपने पोर्शन को अप-टू-डेट रखने के साथ-साथ वे अपने सहकर्मियों के कामों को पूरा कराने में उनकी पूरी मदद करते। अंग्रेजी की जानकारी उनकी अच्छी थी जिससे अंग्रेजी में ड्राफ्टिंग भी वे बढ़िया कर लेते जिसके लिए उनके बड़े बाबू भी समय-समय पर उनसे मदद ले लिया करते। बल्कि उनकी कार्यकुशलता से वे इतने प्रभावित थे कि सेक्शन के पेचीदा मसलों पर भी उनकी राय वे अवश्य लेते।

धीरे-धीरे एक मेहनती और जानकार कर्मचारी के रूप के उनकी धाक पूरे सेक्शन में जम गई। लेकिन घर और आफिस की जिम्मेदारियों के बावजूद वे साहित्यिक कृतियों को पढ़ने के लिए भी थोड़ा समय अवश्य निकाल लिया करते क्योंकि अनुभवों में परिपक्वता लाने के लिए साहित्यिक कृतियों का अध्ययन वे

आवश्यक समझते थे। नौकरी में आने के बाद उन्होंने निराला और प्रेमचन्द के साहित्य का गहन अध्ययन किया। साथ ही टालस्टाय, चेखव और गोर्की जैसे महान रूसी लेखकों की कृतियों को भी पढ़ने का अवसर उन्हें मिला जिनसे एक बेहतर इन्सान बनने के लिए निरन्तर संघर्ष करते रहने की प्रेरणा भी उन्हें मिली।

इन्हीं दीनानाथ शर्मा का आज ई. बी. टेस्ट है। दफ्तर में सुबह से ही वे अपनी सीट पर बैठे-बैठे साहब द्वारा बुलावा की प्रतीक्षा कर रहे हैं। वैसे तो ई. बी. टेस्ट महज एक औपचारिकता होती है क्योंकि शायद ही अभी तक कोई इसमें अनुत्तीर्ण हुआ हो। इसीलिए सामान्यतया कोई इसे गंभीरता से नहीं लेता। लेकिन मामूली से मामूली काम को भी पूरी जिम्मेदारी से करने के अपने स्वभाव के कारण दीनानाथ शर्मा इस टेस्ट के प्रति भी अति सजग थे। साथ ही साहब पर भी वे अपना एक अच्छा प्रभाव डालना चाहते थे। अपनी इसी सजगता के तहत वे आज सलेटी रंग का प्रिंस कोट भी पहन कर आये थे जिससे वे बहुत जंच रहे थे।

करीब चार बजे साहब का बुलावा आया। वे अपनी सीट से उठे और प्रिन्स कोट के बदन को ठीक करते हुए वे साहब के कमरे की ओर जाने लगे। साहब के कमरे के पास आकर आहिस्ता से उन्होंने चिक को उठाया और सहमते कदमों से कमरे में प्रवेश किया। साहब की मेज के पास आकर वे खड़े हो गये। साहब ने सिर उठाकर उन पर एक सरसरी दृष्टि डाली। उन्होंने तत्काल साहब का अभिवादन किया। फिर साहब ने उंगली के इशारे से उन्हें बैठ जाने के लिए कहा। परन्तु साहब की मुद्रा उन्हें गम्भीर सी लगी जिससे उनका दिल धक-धक करने लगा जैसे ई. बी. टेस्ट नहीं कोई बहुत बड़ा इन्टरव्यू देने वे आये हों।

काले फ्रेम के चश्मे को चढ़ाते हुए साहब ने पहला प्रश्न किया, ''लेजर सेक्शन में कब से आप काम कर रहे हैं?''

''सर, आठ साल से। जब से मेरी नियुक्ति हुई मैं इसी सेक्शन में हूँ।'' उन्होंने दबी आवाज में उत्तर दिया।

''कौन-सा पोर्शन डील करते हैं आप?'' साहब ने दूसरा प्रश्न किया।

''सर, लेजर पोस्टिंग।''

''व्हाट डू यू पोस्ट इन द लेजर्स?''

साहब के इस प्रश्न पर वे एक क्षण के लिए सोच में पड़ गये। उन्होंने मन ही मन तर्क किया कि शायद साहब जवाब भी अंग्रेजी में चाहते हैं। तभी उन्होंने अंग्रेजी में प्रश्न भी किया है। दरअसल वे बड़े सतर्क थे। एक-एक कदम वे

फूंक-फूंक कर उठाना चाहते थे। अतः उन्होंने अंग्रेजी में ही जवाब देना उचित समझा। उन्होंने बेखटक होकर कहा–

''द फिगर्स कम्पाइल्ड फ्राम द रिटनर्स''

परन्तु उनकी यह निर्भीकता साहब को बहुत नागवार लगी। अंग्रेजी राज में भी उन्होंने अंग्रेजों के मातहत काम किया था। तभी से उनके दिमाग में क्लर्क की एक खास शक्ल की धारणा उनके दिमाग में बन गई है और इसी धारणा के तहत वे एक क्लर्क को देखना पसन्द भी करते हैं। उन्हें लगा कि जो दब्बूपन, तौर-तरीका, अदब-लिहाब एक क्लर्क में होना चाहिए वह शर्मा में नहीं है। उसमें यही होता तो वह अपने ई. बी. टेस्ट के पहले ही उनके घर पर आकर उनसे मिल लिया होता। अभी दो हफ्ते पहले पर्चेज़ सेक्शन के टण्डन का ई. बी. टेस्ट था। लेकिन टेस्ट के पहले ही वह 'गणेश मिष्ठान्न भण्डार' से पाँच किलो बढ़िया मिठाई लेकर घर पर उनसे मिलने आया था। ओरल टेस्ट में पूछे गये पाँच सवालों में से वह एक सवाल का भी जवाब नहीं दे पाया था। लेकिन खास बात यह थी कि जितने समय वह उनके कमरे में था, दब्बू बनकर बैठा रहा। और उन्होंने उसे पास कर दिया। और एक यह है...बी. ए. पास करके दो-चार हरफ अंग्रेजी बोलना क्या सीख गया है कि अपने को लाट साहब समझने लगा है। फिर वे कुछ असंयत हो उठे। अनायास ही उनका दाहिना हाथ टेबिल बेल पर चला गया। सुक्खू चपरासी दौड़ा-दौड़ा अन्दर आया।

''कैन्टीन से एक कप का पाट लेते आओ।''

सुक्खू चाय लेने चला गया तो उन्होंने फिर पूछा–

''आपके लेजर में इस समय कौन-सा बैलेन्स चल रहा है?''

''सर...माइनस बैलेन्स''

''यह कैसे?''

''सर, यह बहुत पहले से ही चला आ रहा है।''

साहब चौक पड़े। बोर्ड को वे लिख चुके थे कि ये माइनस बैलेन्स सिर्फ दो साल से हैं जो गलत-पोस्टिंग के कारण हो गये थे। उन्होंने बोर्ड को यह आश्वासन भी दे दिया था कि जल्द ही माइनस बैलेन्स को रेक्टिफाई कर दिया जाएगा। अतः उन्हें लगा कि अपने को बचाने के लिए शर्मा डिफेन्स ले रहा है। उन्होंने चिढ़कर फिर पूछा, ''आपके समय में क्या माइनस बैलेन्स बढ़े ही नहीं?''

''कुछ तो सर, अवश्य बढ़े हैं, वह भी रेट्स बढ़ जाने के कारण।''

''लेकिन मैं तो जानता हूँ कि यह आप लोगों के गलत पोस्टिंग के कारण हुआ है।''

"नहीं सर...आप लेजर मंगाकर खुद देख लीजिये।"

उन्होंने बड़े आत्मविश्वास के साथ उत्तर दिया।

साहब को लगा कि शर्मा उसकी बात को काटने पर उतारू है। वह शायद यह सिद्ध करना चाहता है कि वह सही है। अपने को ज्यादा काबिल समझने लगा है। साथ ही एक भय भी उनके अन्दर समा गया कि यदि यह रहस्य प्रकट हो गया तो बोर्ड उनके खिलाफ सख्त कार्रवाई भी कर सकता है। अतः उनके क्रोध का पारा तेजी से चढ़ने लगा। उन्होंने दूसरा वार किया :

"परचेज रजिस्टर में पोस्टिंग कैसे की जाती है?"

शर्मा के लिए यह प्रश्न नया और अप्रत्याशित था।

"सर...सर..." वे हकलाने लगे। "मैं ठीक से नहीं बता सकता क्योंकि परचेज सेक्शन में मैंने कभी काम किया ही नहीं।"

साहब जिस घात की ताक में थे वह आखिर उन्हें मिल ही गया। हिकारत भरी आँखों से शर्मा को देखते हुए उन्होंने कहा, "यह कोई एक्सक्यूज नहीं है। स्टोर्स डिपार्टमेन्ट के सभी काम आपको जानना ही चाहिए। आठ साल हो गये आपको सर्विस करते हुए और अभी तक आप यह नहीं जान पाये कि परचेज रजिस्टर में पोस्टिंग केसे की जाती है?"

"सर...सर...सर..." शर्मा की घिग्घियाँ बँध गई।

साहब ने तभी एक रद्दा और दिया, "इसका मतलब है कि आपका मन काम करने में नहीं लगता।"

साहब के इस गलत आरोप से शर्मा अन्दर ही अन्दर तिलतमिला उठे। उन्होंने साफ-साफ बता दिया कि वे नहीं जानते कि परचेज रजिस्टर में पोस्टिंग कैसे की जाती है। अगर उसमें यह कमी है तो भी उसकी इतनी सी कमी से यह निष्कर्ष निकालना कहाँ तक न्यायोचित है कि उसका मन काम करने में नहीं लगता। और फिर उससे जबरदस्ती वे कहलवाना भी चाहते हैं कि लेजर में माइनस बैलेन्स पहले से ही नहीं चले आ रहे हैं, बल्कि आफिस की गलत पोस्टिंग के कारण हुए हैं। यानी आफिस की गलती वे उस पर मढ़ना चाहते थे। वे गलत निष्कर्ष हमारे ऊपर थोपते रहें और हम इसलिए उन्हें सहते रहें क्योंकि वे हमार बॉस हैं और हम उनके खरीदे हुए गुलाम। उनके अन्दर का क्रोध फुफकारने लगा। उन्होंने हल्का सा प्रतिरोध भी किया—

"सर, यह आप कैसे कह सकते हैं? आप खुद बड़े बाबू को बुलाकर उनसे पूछ लीजिए कि..."

"यू मे गो नाऊ।" आग्नेय आँखों से गुर्राते हुए साहब ने कहा। उनके होंठ क्रोध से फरफराने लगे थे।

शर्मा के लिए अब और अधिक देर रुकना उचित नहीं था क्योंकि उसने महसूस किया कि साहब का मिजाज काफी गर्म हो चुका था। इसलिए अभिवादन की औपचारिकता पूरी कर वे तुरन्त कमरे से बाहर निकल आये।

साढ़े चार से अधिक समय हो चला था। ठण्ड धीरे-धीरे बढ़ने लगी थी। साहब के रुख से उनका मूड उखड़ चुका था। सिर उनका जैसे झनझना रहा हो। हल्का होने के लिए उन्हें चाय पीने की तलब हुई। अतः सेक्शन न जाकर वे कैन्टीन जाने के लिए सीढ़ियाँ उतरने लगे।

कैन्टीन में सन्नाटा सा था। बस इक्के-दुक्के लोग इधर-उधर बैठे दिखाई पड़े। वे कोने में एक मेज पर जा बैठे। बेयरा तुरन्त एक कप चाय रख गया। वे धीरे-धीरे चाय सिप करने लगे। साहब ने जिस हिकारत भरी नजरों से उन्हें देखा था वह उनके लिए असह्य था। क्या वह इतना तुच्छ है? क्या क्लर्क कोई आदमी नहीं है? क्या उसका अपना कोई स्वाभिमान नहीं है? क्या वह कोई कुत्ता है जिसे जो जब भी चाहे दुत्कार दे? क्या वह अपने अस्तित्व को बेचकर नौकरी करने आया है?

वे चाय पीकर उठे। तब तक पाँच बज चुके थे। सेक्शन जाने से कोई फायदा नहीं। अतः साइकिल निकालने के लिए वे बुझे मन से साइकिल स्टैण्ड की ओर जाने लगे।

□□□

पाँच बजे के बाद जब सभी कर्मचारी जा चुके थे तो साहब ने लेजर सेक्शन के बड़े बाबू को बुलाकर फाइल को उनकी ओर बढ़ा दिया। बड़ी उत्सुकता से बड़े बाबू ने फाइल को खोला। लेकिन यह जानकर वे स्तब्ध रह गये कि साहब ने शर्मा को फेल कर दिया था। थोड़ा साहस बटोर कर उन्होंने साहब से मिन्नत की, "साहब उस पर रहम कीजिए...इन्टरव्यू में तो अच्छे-अच्छे के छक्के छूट जाते हैं।"

"यह तो मैं खुइद समझता हूँ।" साहब ने संक्षिप्त सा उत्तर दिया। फिर वे चुप हो गये।

बड़े बाबू ने फिर सिफारिश की "साहब, आपकी कलम से अभी तक कोई ई. बी. टेस्ट में फेल नहीं हुआ है। चलते-चलाते क्यों एक अपयश मोल लेते जा रहे हैं?"

"वह तो ठीक है..." साहब ने हाथों से दोनों आँखों को मलते हुए कहा, "...बट हि थिंक्स समथिंग आफ हिम सेल्फ। वह अपने को कुछ समझता है।

बड़े बाबू, आई एम सॉरी। आई कान्ट हेल्प। फाइल लेते जाइए और कल शर्मा से इस पर नोट कराकर इसे लौटा दीजिएगा।''

साहब से फिर सिफारिश करने की हिम्मत बड़े बाबू में नहीं हुई। फाइल हाथ मे लिए वे बाहर जाने लगे।

''और सुनिए...''

बड़े बाबू दरवाजे के पास पहुँच चुके थे तभी साहब ने उन्हें रोका, ''तीन दिन के अन्दर अपने सेक्शन का जॉब एनालिसिस स्टेटमेन्ट तैयार करके मेरे पास लेते आइए। आपके यहाँ शायद स्टाफ कुछ ज्यादा है...आइ थिंक योर सेक्शन इज़ ओवर स्टाफ्ड...''

'ओवर स्टाफ्ड'–क्रोध में बुदबुदाते हुए बड़े बाबू तुरन्त साहब के कमरे से बाहर निकल आए। अपने सेक्शन में आकर झल्लाते हुए उन्होंने फाइल को मेज पर पटक दिया।

□□□

दूसरे दिन आफिस मैं सुबह जब दीनानाथ शर्मा उदास मन से हाजिरी रजिस्टर पर अपना दस्तखत बना रहे थे तभी बड़े बाबू ने उन्हें पुकारा, ''शर्मा, जरा सुनना तो।'' हाजिरी बनाकर ये तुरन्त बड़े बाबू की मेज के पास आकर खड़े हो गये। उनका चेहरा काफी उतरा हुआ था।

''कैसा रहा तुम्हारा कल का ई. बी. टेस्ट?'' अपना प्रश्न उछालकर बड़े बाबू एक जासूस की तरह उनके चेहरे को पढ़ने लगे।

''ठीक ही हुआ'' उन्होंने अनमने ढंग से एक टालू उत्तर दे दिया।

''कितने सवाल पूछे थे साहब ने?'' बड़े बाबू ने उन्हें फिर कुरेदा।

''यही पाँच-छः सवाल। एक का जवाब मैं नहीं दे पाया।''

शक्की की तरह मुस्कराते हुए बड़े बाबू ने कहा, ''लेकिन मुझे तो लग रहा है कि तुम साहब के सवालों के जवाब ठीक-ठीक नहीं दे पाये होगे। नहीं तो साहब...''

''हाँ, हाँ, बड़े बाबू मैंने भी यही उड़ती खबर अभी-अभी सुना है कि साहब ने शर्मा को ई. बी. टेस्ट में फेल कर दिया है।'' हाजिरी रजिस्टर पर दस्तखत बनाते हुए वर्मा ने बड़े बाबू की बात को बीच में ही रोक लिया। अपनी फाउन्टेन पैन को कोट के ऊपरी जेब में खोंसते हुए वह भी बड़े बाबू की मेज के पास चला आया।

फिर सेक्शन के और लोग भी एक-एक करके हाजिरी रजिस्टर पर दस्तखत बना-बनाकर बड़े बाबू की मेज के पास इकट्ठा होने लगे।

वर्मा ने फिर आश्चर्य प्रकट करते हुए कहा, ''लेकिन शर्मा फेल कैसे हो

गया? यह बात मेरी समझ में नहीं आ रहा है। अपना पोर्शन भी वह हमेशा अपटूडेट रखता है। कोई न कोई राज की बात जरूर है इसमें।''

तिवारी ने भी वर्मा की बात में हामी भरते हुए कहा, ''जरूर किसी ने साहब का कान भरा है।''

यमुना ने भी इस बात का समर्थन किया, ''यही मैं भी सोच रहा हूँ। साहब आजकल कुछ चिड़चिड़े हो भी गये हैं, शायद इसलिए कि उनका रिटायरमेन्ट करीब है। और चिड़चिड़ा होने पर आदमी का कान का कच्चा होना स्वाभाविक है।''

यमुना के इस निष्कर्ष से गुप्ता ने भी अपनी सहमति व्यक्त की, ''उनकी परिस्थिति में कोई भी होगा, वह चिड़चिड़ा हो ही जाएगा। दस-ग्यारह महीने में ही वे रिटायर हो रहे हैं...एक लड़का बाहर इन्जीनियरिंग पढ़ रहा है। एक लड़की की शादी अभी करना बाकी है। फिर नौकर, चाकर, मोटर...परेशानी की बात तो है ही। इतनी बड़ी गृहस्थी का खर्च रिटायरमेन्ट के बाद कैसे चलेगा?''

बड़े बाबू बेसब्र हो रहे थे अपनी बात पूरी करने के लिए। अतः सब्र की बाँध को तोड़ते हुए वे बीच में ही बोल पड़े ''पहले मेरी पूरी बात तो सुन लो, फिर तुम लोग अपनी-अपनी कहना।''

सभी कर्मचारी यकायक चुप हो गये। एक क्षण के लिए सेक्शन में खामोशी छा गई। बड़े बाबू ने फिर कहा, ''कल शाम को साहब के कमरे में मैंने जब फाइल खोलकर देखा तो अवाक् रह गया। मैंने साहब से सिफारिश भी की कि क्यों चलते चलाते वे एक अपयश मोल लेते जा रहे हैं। लेकिन मेरी सिफारिश का साहब पर कोई असर नहीं पड़ा। उलटे आवेश में आकर वे कहने लगे—मैं अब कुछ नहीं कर सकता। हि थिंक्स समथिंग आफ हिमसेल्फ—वह अपने को कुछ समझता है।''

तभी यमुना तपाक से बोल पड़ा, ''तो यह बात है। वर्मा का अनुभव सही था कि इसमें कोई राज की बात जरूर है।'' फिर वह शर्मा से जिरह करने लगा, ''तुम साहब से किस ढंग से बात कर रहे थो। कहीं अकड़ कर तो नहीं...''

शर्मा निरुत्तर थे। खड़े-खड़े वे बड़े बाबू की मेज को नाखूनों से खुरचने लगे। सेक्शन के सभी कर्मचारी उन्हें ऐसे घूर-घूर कर देख रहे थे जैसे सचमुच उन्होंने कोई बड़ा अपराध कर दिया है क्योंकि अपने साहब का कोपभाजन बनना उनके लिए बड़ा अपराध सा ही है।

''शर्मा, तुमने सारे सेक्शन की नाक कटा दी।'' एक व्यंग्यात्मक लहजे में अशफाक मुस्करा पड़ा।

अशफाक का यह व्यंग्य शर्मा को अन्दर तक चुभ गया। बल्कि उन्हें तो लगा

कि अशफाक ही नहीं यमुना, वर्मा, गुप्ता, तिवारी सभी उसे व्यंग्य भरी आँखों से देख रहे हैं। पहले उनके मन में आया कि वे अशफाक के व्यंग्य का मुँहतोड़ जवाब दें। लेकिन उन्हें फिर एहसास हुआ कि ऐसा करने पर ये सभी कर्मचारी उसके खिलाफ एकजुट हो जाएँगे क्योंकि सभी उन्हें आड़े हाथ लेने पर उतारू हैं। अतः उन्होंने सोचा कि विवाद को बढ़ाना ठीक नहीं है। वे चुप रहें यही उनके लिए बेहतर होगा।

तभी यादव जो अब तक मौन श्रोता भर था, बहस में सम्मिलित होने से अपने को न रोक सका, "लेकिन एक बात मैं जरूर कहूँगा। अपनी फाइल ढूँढ़ने कल शाम को जब मैं साहब के कमरे में गया तो मैंने देखा कि यह बड़े इत्मीनान से मुस्कराते हुए साहब से बातें कर रहा था, वह भी अंग्रेजी में..." यादव अपनी पूरी बात नहीं कह सका क्योंकि वह बीच में ही हि-हि हँस पड़ा।

शर्मा झल्ला पड़े "नहीं बड़े बाबू, यह झूठ बोल रहा है, सरासर झूठ। हद से हद एक या दो मिनट ये रहे होंगे, क्योंकि मैंने तो इन्हें देखा ही नहीं...और फिर मैंने तो सिर्फ उन्हीं सवालों का जवाब अंग्रेजी में दिया था जिन्हें उन्होंने अंग्रेजी में पूछा था। वह भी इस डर से कि कहीं साहब यह न समझ बैठें कि ग्रेजुएट होकर भी मैं अंग्रेजी नहीं बोल सकता। हाँ, इतना जरूर था कि साहब के सवालों के जवाब मैं बेखटक होकर दे रहा था।"

"यही तुमने गलती की" गुप्ता को एक दूसरा सुराग मिल गया। "यह दफ्तर का इन्टरव्यू था किसी कमीशन का नहीं। तुम्हें चाहिए था कि साहब के सवालों के जवाब जरा रुक-रुककर और दबी आवाज में देते। और फिर साहब लाख अंग्रेजी में पूछते, जवाब तुम्हें हिन्दी में ही देना चाहिए था...दफ्तर की एक डिसिप्लिन होती है, शर्मा। अपने साहब के सामने किस तरह से पेश आना चाहिए, यह एक कर्मचारी को सबसे पहले सीखना पड़ता है।"

"मैं सोचता हूँ, क्यों न शर्मा आज ही जाकर साहब से मिल ले। अभी कुछ नहीं बिगड़ा है।" वर्मा ने बहस को एक नया मोड़ दे दिया। फिर यमुना, अशफाक, वर्मा, यादव, गुप्ता सभी बोल पड़े—

"यही मैं भी समझता हूँ।"

"मिल लेने में नुकसान ही क्या है। नहीं माने तो न माने। अब और अधिक तुम्हारा क्या बिगाड़ेंगे।"

"और साहब लोग हाजिरी पसन्द होते भी हैं। हो सकता है, तुम्हारे मिल लेने से वे नरम पड़ जाएँ और अपना फैसला बदल दें। वे साहब हैं। उनके अधिकार में बहुत कुछ है।"

"और अगर तुम यह सोचो कि साहब से मिलने में तुम्हारा इन्सल्ट है, तो यह सोचना तुम्हारी हिमाकत होगी। इसमें इन्सल्ट महसूस करने की बात ही नहीं। नौकरी और इन्सल्ट! और एक बात यह भी है कि तुम्हारा ई. बीं. टेस्ट दोबारा होगा ही। और यह भी हो सकता है कि साहब ही तुम्हारा ई. बी. टेस्ट दोबारा लें। मैं तो यही समझता हूँ कि साहब से मिल लेना तुम्हारे लिए हर हालत में लाभदायक होगा। कम से कम जो गलतफहमी तुम्हारे बारे में उनके दिमाग में घर कर गई है वह साफ तो हो जाएगी।"

"और सुनो! जब साहब से मिलने जाना तो पहले चिक उठाना। साहब अगर काम कर रहे हों, तो भी चिक उठाए वहीं खड़े रहना। साहब जब सिर उठाएँ तभी कहना, 'मे आई कम इन सर' और जब स्वीकृति में साहब सिर हिलावें तभी अन्दर जाना और अन्दर जाकर खड़े रहना। सहाब अगर बैठने के लिए कहें तो भी खड़े ही रहना। समझे। और साहब जब पूछें तभी जवाब देना। और हाँ, जवाब देते समय आँख नीचे झुकाये रखना मत भूलना। साथ ही जो कुछ भी कहना हो, दबे स्वर में कहना।"

अन्तिम हिदायत गुप्ता की थी जिसे सुनकर शर्मा एक उत्तेजना से अन्दर ही अन्दर तिलमिला उठे। वे सोचने लगे कि यह गुप्ता तो सभी कर्मचारियों को एक जैसा समझता है–अपने जैसा बेआबरू और बेजान। लेकिन दूसरों को भी अपने जैसा बे-आबरू और बेजान समझने का उसे क्या अधिकार। उल्लू का पट्ठा कहीं का। उनके मन में आया कि गुप्ता के गालों पर तड़ातड़ दो हाथ जड़ दे। फिर उन्हें यह समझाने की जरूरत नहीं रह जाएगी कि उनमें और गुप्ता में कोई फर्क है या नहीं।

लेकिन बड़े बाबू की अनुभवी आँखों ने शर्मा की तमतमाती उत्तेजना को पहले ही ताड़ लिया था। इसके पहले कि शर्मा उबाल खाएँ, वे बीज में ही टोक पड़े, "गुप्ता की बात को मजाक मत समझो। अपनी तीस साल की नौकरी में मैंने भी यही महसूस किया है...जाओ देखो...साहब आ गये होंगे...इसी समय उनसे मिल लेना ठीक होगा...माना कि साहब को तुम्हारे बारे में गलतफहमी हो गई है। लेकिन इसके लिए क्या करोगे? कानून भी साथ उन्हीं का देता है जिनके हाथ में अधिकार है।"

एक विवशता ने शर्मा की उत्तेजना को जैसें दबोच लिया। अन्दर ही अन्दर वे छटपटाहट सा महसूस करने लगे–काश! यह दफ्तर न होकर कोई और जगह होता तो वे गुप्ता, अशफाक, यादव, वर्मा, यमुना, एक-एक से निपट लेते।

उन्होंने बड़ी रुखाई से जवाब दिया, "अब उनसे मिलने से क्या लाभ? अगर

मुझे फेल करने से ही उनके मन को सकून मिलता हो तो..."

"बेवकूफ!" बड़े बाबू डपट पड़े, "इतना बेवकूफ तुम्हें मैं नहीं समझता था। उनसे मिल लेने में तुम्हारी कौन-सी शान घट जाएगी।"

शर्मा तैश में आ गये। बड़े बाबू की आँखों में झाँकते हुए उन्होंने कहा, "क्या आप यह चाहते हैं कि साहब के सामने जाकर मैं याचना करूँ। उस गलती के लिए उनके सामने गिड़गिड़ाऊँ जो मैंने किया ही नहीं। यह मुझसे हरगिज, हरगिज नहीं होगा।" उनकी आँखों में दृढ़ता की चमक थी। फिर वे अपनी सीट के पास चले आये।

कुर्सी को झटके से खींच कर बैठ गये। कुर्सी पर बैठे ही बैठे उन्होंने पूरे सेक्शन पर नजर डाली। फिर वे मन ही मन बुदबुदाने लगे—मुर्दे कहीं के।

5

फैसला

आठ दिन तक लगातार कर्फ्यू के बाद आज कालेज खुला है। हालाँकि कालेज जाने का पहले जैसा उत्साह पूनम में नहीं रहा, फिर भी बोझिल मन से वह कालेज जाने की तैयारी करने लगी। देविन्दर की अनुपस्थिति में वह कालेज में अपने को कितनी अकेली महसूस करेगी, इस कल्पना मात्र से वह उद्विग्न हो उठती। उसकी इच्छा होती कि देविन्दर की तरह वह भी कालेज न जाने का निर्णय कर डाले। यों तो कई सिख परिवारों की लड़कियाँ सतवीर, परमजीत, मनजीत, दलजीत आदि उसके काल़ेज में पढ़ती थीं, लेकिन उसकी पटरी सबसे अधिक देविन्दर के साथ ही बैठती थी। देविन्दर उसकी सहपाठिनी थी और दोनों के विषय भी एक ही थे। दोनों ही कालेज की जागरूक और मेधावी छात्राओं के रूप में जानी जाती थीं। इसीलिए दोनों के बीच मैत्री दिन प्रतिदिन प्रगाढ़ होती गई। कालेज के खाली घंटे उसके लिए विशेष महत्वपूर्ण होते क्योंकि इन्हीं खाली घण्टों में देविन्दर के साथ उसकी बहसें हुआ करतीं। देश-विदेश, साहित्य, राजनीति और सामाजिक-धार्मिक रूढ़ियाँ इनके आपसी बहस के मुद्दे हुआ करते। इन्हीं बौद्धिक बहसों के कारण कालेज में इन दोनों की पहचान अन्य छात्राओं से अलग और विशिष्ट बन गई थीं, बल्कि इसी कारण कालेज की अन्य छात्राएँ इन दोनों से मन ही मन कुढ़ती भी रहती थी। क्योंकि अधिकांश छात्राएँ कालेज के खाली घंटों में लान पर बैठी दूसरों के प्रेम प्रसंगों में चटखारे लेतीं, इधर-उधर दौड़ती, उछल कूँद करतीं या गप्पें लड़ातीं।

दो-तीन जरूरी किताबों को बैग में लटकाये वह धीरे-धीरे सड़के के किनारे फुटपाथ पर चलती जा रही थी। लेकिन नवम्बर की गुनगुनी धूप और खुली हवा में चलते हुए भी उसे घुटन सी महसूस हो रही थी। हाल के दंगे का खौफ अभी भी उस पर हावी था। अजीब सी चीख और कराह की मिली-जुली असंख्य आवाजें

हवा में उसे तैरती हुई लगीं। वह अस्थिर हो उठी और लम्बे-लम्बे डग भरने लगी। तिकोनिया पार्क और खुर्शीद क्लब पार करते हुए वह जल्द ही सिविल लाइन्स के चौराहे के पास पहुँच गई। वहाँ काफी भीड़ इकट्ठा थी। कई वर्दीधारी पुलिस भी उसे वहाँ तैनात दिखाई पड़े। इस चौराहे से थोड़ी ही दूर सीताकुण्ड जाने वाली सड़क पर उसका कालेज पड़ता था। भीड़ को चीरती हुई वह चौराहा पार करने जा ही रही थी कि पीछे से किसी की आवाज आई–"अभी रुक जाइए। शान्ति जुलूस आ रहा है। जुलूस निकल जाने दीजिए। तब जाइएगा।" उसने पीछे मुड़कर देखा। यह कोई पुलिस था जो उसे हिदायत दे रहा था। बिना कुछ प्रतिवाद किए वह चुपचाप एक किनारे सिकुड़ी सी खड़ी हो गई और जुलूस के गुजर जाने का इन्तजार करने लगी। विशाल जुलूस जब चौराहे से गुजरने लगा तो उसने जुलूस पर एक सरसरी नजर डाली। जुलूस में खद्दरधारी युवकों की संख्या सर्वाधिक थी जो बड़े जोश में अपने हाथों को हवा में उछाल-उछाल कर हिन्दू-सिख भाई-भाई के नारे लगा रहे थे। इन खद्दरधारी युवकों में से दो-तीन को उसने तुरन्त पहचान लिया। कर्फ्यू के दौरान अपने मकान के बारजे से उसने इन्हें लूट का माल लेकर भागते हुए देखा था। उसने उस युवक को भी पहचान लिया जो जुलूस के एक हिस्से का नेतृत्व कर रहा था और चिल्ला-चिल्ला कर हिन्दू-सिख एकता के नारे अपने साथियों से लगवा रहा था।

"यह विधायक का बेटा है। यह तो अपने बाप से भी बढ़कर नेता निकलेगा।" किसी ने भीड़ में उछाला। लेकिन उसे जुलूस में कोई दिलचस्पी नहीं थी। वह तो बड़ी व्याकुलता से जुलूस के गुजर जाने की प्रतीक्षा कर रही थी। उसने पीछे मुड़कर यह जानने की कोशिश भी नहीं कि वाक्य उछालने वाला कौन था। लेकिन उसे यह देखकर हैरत हुई कि यह वही युवक है जो दंगों के दिनों में उसके मकान से थोड़ी दूर सड़क के किनारे एक पेड़ के नीचे खड़ा दंगाईयों को बॅकअप कर रहा था। आदमी कितना बहुरूपिया और मक्कार हो गया है। यह सोचकर उसका मन कसैला हो गया। उसकी इच्छा हुई कि वह जोर-जोर से चिल्ला कर इन मक्कारों की असलियत बताते हुए उन्हें इस जन-समूह में बेनकाब कर दे। लेकिन दूसरे ही क्षण यह सोचकर वह सहम गई कि कहीं लोग उसे भी देश-द्रोही न कहने लगें, क्योंकि झूठ को सच का जामा पहनाकर उसे मान-प्रतिष्ठा देने वाले इस देश में जो सच्चा देशभक्त हैं, उसे देशद्रोही करारकर उसकी भर्त्सना की जा रही है और जो सचमुच देशद्रोही है, उसे राष्ट्रप्रेमी कहकर उसकी आरती उतारी जा रही है।

वह कालेज पहुँची तो कक्षाएँ चल रही थीं। राजनीतिशास्त्र का पीरिएड शुरू होने में अभी बीस मिनट बाकी थे। लेकिन उसके उदास मन के लिए बीस मिनट का यह समय काटना मुश्किल लग रहा था। उसने खड़े-खड़े लॉन की ओर नजर घुमाई। उसने देखा कि लड़कियाँ इधर-उधर दो-दो, तीन-तीन के समूह में बैठी हुई आपस में खुसर-फुसर कर रही थीं। उसे परमजीत, सतबीर, दलजीत, मनजीत आदि में से कोई भी दिखाई नहीं पड़ी। उसे लगा कि देविन्दर की तरह लोगों ने भी कालेज न आने का निर्णय ले लिया है। लेकिन उसे किसी भी समूह के साथ बैठने का मन नहीं हो रहा था। वह तनहाई चाहती थी। अतः लॉन के एक कोने में जाकर अकेली ही वह बैठ गई। देविन्दर का ख्याल अकेले में उसे कुछ और भी सताने लगा।

उसे अकेला देख किरण मिश्रा जो राजनीतिशास्त्र की कक्षा में उसकी सहपाठिनी थी, उसके पास सरक आई।

''बड़े गद्‌दार निकले ये सिक्ख''—घास के तिनके को दाँतों के बीच कुतरती हुई किरण ने उसे कुरेदा। सिखों के लिए गद्‌दार शब्द सुनते-सुनते उसके कान पक गये थे। वह सोचती, भले ही लोग उन्हें आज गद्‌दार कहकर खुश हों लें परन्तु असली गद्‌दार कौन है, इसका फैसला तो आने वाला समय ही करेगा।

''नहीं ऐसी बात नहीं...'' उसने हल्का सा प्रतिवाद किया।

''मैं तो जानती थी कि तुम सिखों की वकालत करोगी क्योंकि देविन्दर तुम्हारी अभिन्न सहेली जो ठहरी।'' किरण ने दूसरा वार किया जिससे पूनम तिलमिला उठी। उसने सोचा कि वह किरण को मुँह तोड़ जवाब दे। लेकिन कालेज का कैम्पस होने के कारण वह इसे तूल नहीं देना चाहती थी। इसलिए उसने अपने को संयमित रखने की चेष्टा की। उसने बड़े ही संयत स्वर में कहा—

''तुम्हें गलतफहमी है। यह मैं इसलिए नहीं कह रही हूँ कि देवेन्दर मेरी अभिन्न सहेली है। बल्कि जरा तुम इतिहास के पन्नों को पलटो तो तुम पाओगी कि सिखों ने हमेशा देश की मान-मर्यादा की रक्षा की है। हमारे स्वतन्त्रता संग्राम में भी इनका बलिदान सबसे बढ़-चढ़कर है। अभी भी गुरू गोविन्द सिंह, ऊधम सिंह और भगतसिंह की शहादत इतिहास के पन्नों पर स्वर्णाक्षरों में अंकित है। जिन सिखों में राष्ट्रप्रेम इतना कूट-कूट कर भरा हुआ हो, उन्हें किसी एक वहशी सिख द्वारा प्रधानमंत्री की हत्या के कारण गद्‌दार कहना क्या उनके साथ अन्याय करना नहीं होगा? और फिर यह भी हो सकता है कि सिखों के भेष में विदेशी ताकतों के कुछ जासूस हमारे देश में अराजकता पैदा करने के लिए भेजे गये हों,

क्योंकि अराजकता की नींव पर ही उनका अस्तित्व निर्भर करता है।''

''तुम उनके पक्ष में चाहे जो तर्क दो, मैं तो उन्हें गद्दार ही कहूँगी।'' किरण ने झुंझलाकर पूनम के तर्क से अपनी असहमति व्यक्त की।

''अच्छा यह बताओं कि सारे ब्राह्मणों को क्या इसलिए गद्दार मान लिया जाय क्योंकि बापू का हत्यारा एक ब्राह्मण था।'' पूनम ने एक दूसरा तर्क दिया जो ज्यादा सटीक और अकाट्य था। किरण स्वंय एक ब्राह्मण कन्या थी लेकिन इसे एक व्यक्तिगत आक्षेप समझकर वह तिलमिला पड़ी, ''तुम लोगों के मुँह लगना ही बेवकूफी है।''

तभी मनोरमा ने, जो पास में ही बैठी तीन-चार सहेलियों से गप्पें लड़ा रही थी, पीछे मुड़कर पूनम से पूछा, ''देविन्दर अभी तक नहीं आई?'' पूनम ने इसका जवाब अपनी चुप्पी से दिया। चुप रहने के सिवाय कोई और चारा भी उसके पास नहीं था क्योंकि बात का बतंगड़ बनाना वह नहीं चाहती थी।

''कौन सा मुँह लेकर अब वह आएगी? उसके मुँह पर तो कालिख पुत गई है, कालिख।'' बीच में ही अनुराधा मटकती हुई बोल पड़ी जो मनोरमा के बगल में बैठी थी।

''तुम्हें कैसे मालूम?'' न चाहते हुए भी पूनम को अपनी चुप्पी तोड़नी पड़ी क्योंकि देविन्दर पर किसी प्रकार का लांछन उसके लिए असह्य था।

''मुझे सब मालूम है। दंगाईयों ने पहले उसका घर लूटा और फिर औरतों की इज्जत लूटी...यह गद्दार कौम इसी लायक हैं।'' एक कुटिल मुस्कान के साथ अनुराधा ने फिर कहा।

''यह सब अफवाह है, सरासर झूठ। तुम सभी लोग पढ़ी-लिखी होकर भी बिना सोचे-समझे अफवाहों में बह जाती हो। कर्फ्यू खत्म होने के बाद मैं खुद उसके घर गई थी।'' अपने आक्रोश पर अंकुश लगाते हुए पूनम ने शालीनतापूर्वक कहा। एक क्षण के लिए अनुराधा की कुटिल मुस्कान गायब हो गई और वह पूनम पर बरस पड़ी, ''बड़ी आई हो मुझे नसीयत देने वाली। तुम्हारी भी करतूतों को मैं खूब जानती हूँ।''

अपने और देविन्दर के प्रति लगाये गये लाँक्षनों से पूनम तिलमिला उठी। अब और अधिक संयम नहीं बरत सकी वह। बरदाश्त करने की भी हद होती है और ज्यादा बरदाश्त करना अन्याय को प्रश्रय देना होता है। क्रोध से काँपती हुई वह अपनी जगह से उठ पड़ी। उसका चेहरा तमतमा उठा था। अनुराधा के पास आकर आग्नेय आँखों से उसे तरेरती हुई वह शेरनी की तरह दहाड़ पड़ी,...''बताओ

मेरी कौन-सी करतूतें तुमने देखी है?" फिर वितृष्णा से होंठों को भींचती हुई उसने चेतावनी दी, "अगर फिर कभी दविन्दर और मेरे बारे में कुछ अनाप-शनाप बका तो मैं तेरी जबान खींच लूँगी...शर्म नहीं आती तुम्हें अपनी ही बहनों पर कीचड़ उछालते हुए।"

पूनम के प्रचण्ड तेवर को देखकर अनुराधा कुछ सहम सी गई। उसकी सारी उद्दण्डता पूनम की आग्नेय आँखों के तेज के सामने भस्म हो गई। आगे कुछ और कहने की उसकी हिम्मत नहीं हुई। वह उठकर गैलरी की ओर बुदबुदाती हुई जाने लगी, "बड़ी आई है इज्जत वाली" जिसे पूनम नहीं सुन सकी।

इस घटना से पूनम का मूड उखड़ चुका था। बेमन से राजनीतिशास्त्र की कक्षा में बैठना उसने उचित नहीं समझा! पीरियड छोड़कर वह घर चली आई। आज की घटना से वह अत्यधिक आन्दोलित थी। कपड़े बदलकर वह चुपचाप अपने कमरे में जाकर लेट गई। लेटे ही लेटै वह सोचने लगी कि तर्कसंगत बात करना आज कितना जोखिम का काम हो गया है। उसके हिन्दू होने का क्या अर्थ है कि हम अन्य धर्मालंबियों से नफरत करें। सभी धर्मों का सार मानवतावाद है। अगर उसका हिन्दू होना उसके मानवतावाद के आड़े आता है तो नहीं चाहिए उसे ऐसा धर्म। ऐसे धर्म से उसका कोई वास्ता नहीं हो सकता जो आदमी-आदमी के बीच वैमनस्य के बीज बोए और उन्हें एक दूसरे के खून का प्यासा बना दे। वह हिन्दू हो, सिख हो अथवा मुसलमान, है तो आखिर वह इन्सान ही। जिस किसी का भी खून धरती पर बहता है वह किसी सिख, मुसलमान अथवा हिन्दू का नहीं बल्कि किसी इन्सान का ही होता है। क्या यह सच नहीं है? क्या यह सच नहीं है कि खून का रंग सिर्फ एक होता है–लाल। अगर यह सच नहीं है तो सभी धर्म पाखण्ड हैं और यह सच है तो हमारे धर्म के ठेकेदारों को इसका अहसासा क्यों नहीं होता...फिर उसे कब नींद आ गई उसे नहीं मालूम।

उसकी नींद तब खुली जब उसके छोटे भाई सुरेन्द्र ने आकर उसे जगाया। अलसाई सी वह हड़बड़ाकर उठ बैठी। खिड़की से उसने देखा। शाम उतर आई थी। उसके हाथ में एक चिट्ठी पकड़ाते हुए सुरेन्द्र ने बताया कि देविन्दर का भाई यह चिट्ठी लेकर आया था। सुरेन्द्र फिर बाहर चला गया। बेसब्री से पूनम ने लिफाफे को खोला और पत्र निकालकर पढ़ने लगीः

प्रिय पूनम,

तुम्हें यह जानकर दुख होगा कि डैडी ने पंजाब जाने का अन्तिम फैसला कर लिया है। डैडी का कहना है कि अब यहाँ हम बिल्कुल असुरक्षित हैं। फोन पर तो

डैडी को बराबर धमकियाँ दी जा रही है कि अगामी विधान सभा के चुनाव के पहले ही अगर हम लोग यहाँ से पंजाब नहीं चले गये तो हमारा भी वही हाल होगा क्योंकि यहाँ हमारे रहने से उन्हें चुनाव में हारने का खतरा है। और जानती हो, इस तरह की धमकियाँ देने वाले लोग कौन हैं? ये वही लोग हैं जिनके कंधों पर हमारे समाज की सुरक्षा का दायित्व है। इसलिए डैडी का यह भी कहना है कि हमें यहाँ के हिन्दुओं से उतना खतरा नहीं है। आखिर हमारे पड़ोसी हिन्दुओं ने ही दंगें में हमारी सुरक्षा की थी। असली खतरा तो देश के उन रहबरों से है जो चुनावी हथकंडों की आड़ में साम्प्रदायिकता की आग भड़काने की कुत्सित हरकतें बेहिचक होकर करने लगे हैं।

कल ही हम लोग हावड़ा-अमृतसर मेल से जा रहे हैं। जाने से पहले तुमसे एकबार मिलना जरूर चाहती थी। लेकिन जाने की तैयारी में सामानों की पैकिंग आदि ढेर सारे कार्यों में इतना व्यस्त हो गई हूँ कि यह असम्भव सा लगता है। अतः हो सके तो तुम्ही कल मुझे अन्तिम विदाई देने स्टेशन चली आना...

तुम्हारी अभिन्न सहेली,
देविन्दर

पत्र पढ़ चुकने के बाद पूनम रुआंसी हो उठी। देविन्दर उससे इतनी दूर चली जाएगी और वह भी हमेशा के लिए यह उसने कल्पना में भी नहीं सोचा था। कालेज में वैसे ही उसके बिना उसे कुछ अच्छा नहीं लगेगा। लेकिन इतना इत्मीनान तो उसे था कि जब भी उसका मन करेगा, वह देविन्दर से मिलने उसके घर चली जाया करेगी। कम-से-कम एक संबल शेष था। उसके लिए इतना काफी था। अब वह संबल भी उससे छिन जाएगा। उसने अथवा देविन्दर ने किसी का क्या बिगाड़ा है, क्या अपराध किया है? फिर उन्हें दण्ड क्यों दिया जा रहा है। अपराध कोई एक व्यक्ति करे और परिणाम उसके पूरे सम्प्रदाय को भुगतना पड़े। यह किस सभ्य समाज का दण्ड-विधान है?

रात भर वह देविन्दर के सपने देखती रही। सपने में कभी वह देखती कि कालेज में बैठी हुई वह देविन्दर के साथ विचारोत्तेजक बहस कर रही है। कभी कालेज के हाल में आयोजित वाद-विवाद प्रतियोगिता का सपना उसे दिखाई पड़ता जिसमें देविन्दर और वह भाग ले रही हैं और तालियों की गड़गड़ाहट के बीच वे दोनों प्राचार्य के हाथों पुरस्कार प्राप्त कर रही हैं। फिर वह सपने में देखती कि कालेज के खाली घंटों में वह देविन्दर के साथ सीताकुण्ड की सीढ़ियों से उतर रही है जो कालेज से बिल्कुल सटा हुआ है। गोमती नदी के पावन जल

का स्पर्श उन्हें कितना सकून देता है। फिर वह सपना देखती कि दंगाइयों ने देविन्दर के घर को चारों ओर से घेर लिया है और अपनी भिंची हुई मुट्ठियों से वे उसके घर के दरवाजे जोर-जोर से पीट रहे हैं। उनका वहशीपन उनके काबू के बाहर दीख रहा है। कईयों के हाथों में लोहे के लम्बे-लम्बे छड़ और पेट्रोल भरे डिब्बे हैं। उसे लगने लगता कि यह उन्मादी भीड़ क्षण भर में ही दरवाजे को तोड़कर अन्दर घुस पड़ेगी और देखते ही देखते देविन्दर का सारा घर राख का ढेर बन जाएगा। यह भयानक दृश्य देखते ही वह सपने में चीख पड़ती है। फिर स्वप्न का दृश्य-पटल बदलता है। वह देखती है कि वह रेलवे स्टेशन गई है देविन्दर को विदाई देने। वहाँ बड़ी भीड़ है। अभी अमृतसर मेल भी नहीं आई है। प्लेटफार्म पर देविन्दर को खोजती हुई वह तेज कदमों से चल रही है। कई और सिख परिवार अपने असबाब सहित उसे स्टेशन पर दिखाई पड़ते हैं। उसे लगता है कि नगर के कई सिख परिवार पंजाब जा रहे हैं। सभी के चेहरे मुर्दों से बेजान और आँखें आसुओं से नम है। यह हृदय विदारक दृश्य देख कर वह एक आन्तरिक क्लेश से सिहर उठती है। लेकिन देविन्दर के परिवार वाले उसे नहीं दिखाई पड़ते हैं। उसे लगता है कि वे लोग अभी नहीं आये हैं। तभी प्लेटफार्म के एक कोने में वह दीख पड़ती है। अपने डैडी, मम्मी और सतपाल के साथ वह खड़ी है। उदास और गुमसुम। पूनम को अपनी ओर आती देख वह दौड़ पड़ती है और उसके पास पहुँचते ही हबस कर उससे लिपट जाती है। अपनी अविरक्त अश्रु धाराओं से वह अपनी सारी अनकही कह डालती है। पूनम भी रोये जा रही है। दोनों के कंठ अवरुद्ध है। पर एक शब्दहीन संवाद दोनों में निरन्तर चल रहा है। तभी गाड़ी आ जाती है। गाड़ी पहले से ही खचाखच भरी हुई है। किसी तरह से देविन्दर और उसके परिवार वाले गाड़ी में प्रवेश पा जाते हैं। देविन्दर खिड़की के पास आ जाती है और खिड़की से बाहर हाथ बढ़ाकर अपनी गीली आँखों से सिर्फ इतना ही कह पाती है–"पूनम..." और शेष शब्द भर-भर बहती उसकी आश्रुधारा के प्रबल वेग में बह जाते हैं। पूनम चाह कर भी कुछ बोल नहीं पा रही है। गाड़ी ने सीटी दे दी है। फिर गाड़ी प्लेटफार्म पर रेंगने भी लगती है। देविन्दर अपने बाएँ हाथ के रुमाल से आँसुओं को पोंछती जाती है और दाँएँ हाथ को खिड़की से बाहर निकाल कर अन्तिम विदाई देते हुए हिलाने लगती है। पूनम के हाथ भी स्वचालित से विदाई देने की मुद्रा में उठ पड़ते हैं...गाड़ी के ओझल होते ही वह सपने में ही चीख पड़ती है, "नहीं, नहीं मैं ऐसा नहीं होने दूँगी..." तभी उसकी आँख खुल गई और हड़बड़ा कर वह बिस्तर पर उठ बैठी।

फिर रह-रह कर सपने का ख्याल उसे आने लगा। सपने की बात सोचकर वह और भी उद्विग्न हो उठी क्योंकि उसे याद हो आया कि आज ही देविन्दर अमृतसर मेल से पंजाब जा रही है।

सुबह उठकर उसने मम्मी को बताया कि आज वह कालेज नहीं जा सकेगी क्योंकि उसे अमृतसर मेल से देविन्दर को विदा करने जाना है। अभी चाय पीकर वह उठ ही रही थी तैयार होने के लिए कि बाहर से किसी ने दस्तक दी। पूनम ने दरवाजा खोला क्योंकि उसका भाई घर में नहीं था। वह बिल्कुल अवाक् सी रह गई सामने दविन्दर को देखकर। उसे लगा कि कहीं वह फिर सपना तो नहीं देख रही है। सफेद साड़ी में देविन्दर गुलाब के फूल की तरह खिल रही थी।

"पूनम, तुम्हें आश्चर्य हो रहा होगा मुझे इस समय यहाँ देखकर।" प्रफुल्लित चेहरे से देविन्दर ने कहा, "मैं आई हूँ तुम्हें एक शुभ समाचार देने।"

बैठक में बैठते हुए देविन्दर ने बताया कि उसके डैडी ने पंजाब जाने का फैसला बदल दिया है। कल रात गुरुद्वारे में सभी सिख परिवारों की एक आपात बैठक बुलाई गई थी जिसमें यह निर्णय सर्वसम्मति से लिया गया। उन लोगों का यह निष्कर्ष था कि जान से मारने की धमकियों के डर से अगर हम पलायन कर गये तो यह हमारी कायरता होगी। दूसरे, हमारे पलायन से इन दरिन्दों को हमारे खिलाफ झूठा प्रचार करने के लिए खुली छूट मिल जाएगी। हमने फैसला कर लिया है कि हम यहीं रहकर इन दरिन्दों से डटकर निबटेंगे। फिर लोगों को अपने आप पता चल जाएगा कि असली गद्दार कौन है...

खुशी से विह्वल हो उठी पूनम और स्वचालित सी वह देविन्दर से लिपट गई...

6

स्टेटस वाले

ठण्ड काफी बढ़ गई थी जिससे संजय को सुबह उठने में बड़ा आलस लग रहा था। उस पर से आज छुट्टी का दिन भी था। लेकिन आज ही उन्होंने अपने कालेज के समाज शास्त्र के नव नियुक्त प्रवक्ता ओंकारनाथ वर्मा को आठ बजे सुबह चाय पर आमंत्रित किया हैं। नौकर भी तीन दिन के लिए छुटटी लेकर कल अपने गांव चला गया। मन ही मन वे झल्लाये कि बड़े बेवक्त उन्होंने अपने नौकर को छुट्टी दे दी। प्रोफेसर वर्मा को चाय पर अपने यहाँ बुलाते समय उन्हें इस बात का ध्यान ही नहीं रहा कि उनका नौकर छुट्टी पर है। वे यह भली-भांति जानते हैं कि नौकर रखना आज के महंगाई के जमाने में हर किसी के बूते का नहीं है। उस पर से नौकरों का सर हमेशा आसमान पर रहता है। तनख्वाह दो। खाना कपड़ा दो। उस पर से अगर छुट्टी न दो तो काम छोड़ने की धमकी भी सहो।

रजाई हटाकर वे झटके से बिस्तर से उठ पड़े। कुर्ते के ऊपर पुराना हाफ-स्वेटर डाला और दरवाजा खोलकर बाहर बरामदे में आ गये। कोहरा छटने लगा था। उन्होंने घड़ी देखी तो सात बज रहे थे। लाख सतर्कता बरतने पर भी उन्हें उठने में देर हो ही गई। ऐसे अवसरों पर अपने अतिथि की आवभगत में वे विशेष सावधानी बरतते हैं। अतिथि पर अपने स्टेटस का रौब डालने की पूरी कोशिश करते हैं।

बगल के गलियारानुमा कमरे में, जहाँ उनके पिताजी सोते हैं, उन्होंने झांककर देखा, पिताजी बिस्तर पर नहीं थे। शायद दूध लेने चले गये हैं। जब से वे गांव से आये हैं, संजय ने उन्हें सुबह घोसियाने से दूध तथा शाम को चौक से साग-सब्जी लाने का काम सौप दिया हैं। मोहिनी और निशा भी उठ चुके हैं और अभी हाथ-मुँह धो रहें हैं। दीनू अभी भी सोया है।

हाथ मुँह धोकर वे ड्राइंगरूम में आ गये। एक सरसरी निगाह उन्होंने चारो तरफ डाली। अधिकांश वस्तुएँ इधर-उधर तितर-बितर पड़ी थी। सबसे पहले

उन्होंने जीने के दरवाजे को अन्दर से बन्द किया ताकि उनकी जानकारी के बिना कोई अन्दर न आ सके। फिर उन्होंने अनमने ढंग से झाड़ू उठाया और सबसे पहले फर्श को बुहारा। चौकी पर बिछे चादर को हटाकर चेक डिजाइन का धुला हुआ चादर जो खास मौकों पर ही इस्तोमाल में आता हैं वारड्रोव से निकालकर बिछा दिया। चौकी से सिरहाने अलमारी में इधर-उधर बिखरी किताबों को एक गन्दे कपड़े से झाड़ पोंछकर उन्होंने तरतीब से सजाया। ड्राइंगरूम में फाटक के दोनों तरफ दो छोटे-छोटे गोल स्टूल रखकर उन पर मेजपोश बिछा दिया। फिर एक स्टूल पर दो-तीन पुरानी फिल्मी पत्रिकाएँ और दूसरे स्टूल पर नववर्ष के उपलक्ष्य में आये दो-तीन चुने हुए खूबसूरत ग्रीटिंग कार्ड रखे। सबसे ऊपर वाला ग्रीटिंग कार्ड उनके साले सुरेन्द्र मोहन जो जयपुर में इंजीनियर हैं और सरहज मैना का था जिनकी चर्चा अपने मित्रों के बीच बहसों मे किया करना उनकी एक आदत सी बन गई है। फिर सोफासैट को ठीक से सेट किया। अपने गाऊन को उन्होंने हैंगर में लगाकर टांग दिया। अपनी थीसिस को करीने से उन्होंने अलमारी के सबसे ऊपर वाले रैक में रखा। कमरे के दीवारों पर कई चित्र टंगे हैं। उनमें एक चित्र उनके साले का है, एक उनके डाक्टरेट की उपाधि लेते समय का, एक उनकी पत्नी मोहिनी का एम.ए. की डिग्री के साथ लिया हुआ चित्र है, और कई ग्रुप फोटो भी हैं जो कालेज के विभिन्न वार्षिक अथवा अन्य समारोहों पर लिए गये थे। इन चित्रों पर जमे गर्द को उन्होंने स्टूल पर चढ़कर साफ किया। मोहिनी किचेन में लगी हुई है। निशा भी उनके साथ जुटी हुई है। दीनू जो तीन साल का है, अभी भी सोया हुआ है।

सीढ़ी के दरवाजे पर दस्तक हुई। फौरन लपक कर संजय ने गाऊन को हैंगर से उतारकर अपने ऊपर डाल लिया। गाऊन का इस्तेमाल वे ऐसे ही विशिष्ट अवसरों पर करते हैं। गाऊन के कालर को उन्होंने खड़ा किया। फिर नवाबी अन्दाज में दोनों हाथों को गाऊन के जेबों में डाला। ड्राइंगरूम से ही वे बोल पड़े "कालबेल बगल में ही है।" ऐसा कहकर वे आगन्तुक को उसकी अनभिज्ञता और आपने अभिजात्यपन का बोध एक साथ कराना चाहते थे। फिर वे दरवाजे की ओर बढ़ने भी लगे यह सोचते हुए कि प्रोफेसर वर्मा ही होंगे। उन्हेांने दरवाजा खोला। प्रोफेसर वर्मा का देखते ही वे एक सांस में कह गए, "ओ...ओ...आप हैं...मैं तो सोच रहा था कि शायद सुरेन्द्र मोहन हैं क्योंकि आज कल में वे भी आने वालें हैं।" गाऊन की जेब में दोनो हाथ डाले वे सी-सी भी करने लगे जैसे बहुत ठण्ड पड़ने लगी हो।

''साला बहुत रंग मारता है'' वर्मा ने मन ही मन कहा। अपने अभिजात्यपन को जताने में संजय को बड़ा सकून मिलता है। लेकिन भूलकर भी कभी वे अपने मां-बाप, भाई-बहन की चर्चा नहीं करते। उनसे बड़े दो भाई हैं जो अलग-अलग दफतरों में लिपिक पद पर कार्यरत हैं। उनसे बड़ी एक बहन भी है जो किसी प्राइमरी स्कूल में अध्यापिका है। गांव में उनके पास खाने भर की खेती है जिसकी देखभाल उनके बूढ़े माता पिता करते हैं। पिताजी पहले लेखपाल थे। अब रिटायर हो चुके हैं। उन्होंने अपने दोनों बड़े लड़कों की मदद से संजय को पढ़ा लिखाकर इस योग्य बनाया कि यदि उसको कोई अच्छी नौकरी मिल गई तो वह उनके बुढ़ापे का सहारा होगा। साथ ही उनका परिवार तरक्की करेगा। लेकिन संजय का सोचना यह है कि पिता पटवारी, भाई क्लर्क और बहन प्राइमरी स्कूल की अध्यापिका। बस। उनके परिवार में इससे आगे कोई नहीं बढ़ पाया।

बिना कोई प्रतिक्रिया व्यक्त किये वर्मा ड्राइंगरूम में आकर बैठ गये। ऊपर-नीचे, अगल-बगल एक उड़ती निगाह उन्होंने ड्राइंगरूम के चारो तरफ दौड़ाई। काफी सजा हुआ ड्राइंगरूम उन्हें लगा। फिर बाई ओर की स्टूल पर रखी एक पत्रिका उठाकर पन्ने पलटने लगे—''हैपी न्यू ईयर-सुरेन्द्र मोहन, मैना।'' फिर एक दबी मुस्कान उनके चेहरे पर उभर आई। संजय का वास्तव में एक स्टेटस है, इसका अहसास उन्हें जताने के लिए वर्मा औपचारिक ढंग से मुस्काने लगे। उनके सामने बैठे संजय मन ही मन फूल कर कुप्पा होने लगे।

''अरे भाई, जर सुनना तो'' उन्होंने मोहिनी को पुकारा। दूसरे ही क्षण पर्दा उठाकर वे ड्राइंगरूम में चली आईं।

''संभालिए, इनको जरा'' थोड़ा कर्कश आवाज में उन्होंने कहा और दीनू को संजय की गोद में डालकर वे अन्दर लौटने लगीं। तभी वे बोल पड़े ''ये हैं हमारे यहाँ समाजशास्त्र के नये प्रवक्ता ओंकारनाथ वर्मा जी। इसी जुलाई में हमारे यहाँ नियुक्त हुए हैं...तुमसे बताया तो था एक बार इनके बारे में।'' परदे के पास पहुँचकर वे ठिठक गईं, फिर मुड़कर एक औपचारिक नमस्ते उन्होंने किया और फिर एक बेरुखी का भाव दिखाती हुई अन्दर चली गई। दीनू को गोद में...थामे संजय उसे पुचकारने, खेलाने लगे ''बड़ा शरारती हो गया है। मां के पास ठहरता ही नहीं...।'' अपनी झेंप मिटाने के लिए वे सफाई देने लगे। फिर उन्होंने निशा को आवाज दी। अन्दर से वह दौड़ी हुई आई। उन्हेंाने निशा से कहा ''बेटी, अंकल जी को वह पोयम सुना दो जिसे तुम्हारी सिस्टर ने तुम्हें याद करने के लिए दिया है।''

निशा एक सुर में बिना कौमा, फुलस्टाप के अंग्रेजी में कविता सुना गई। पर वर्मा के पल्ले कुछ भी नहीं पड़ा। फिर भी निशा को बढ़ावा देने के लिए वे शाबाशी देने लगे–वाह! शाबाश! वेरी गुड।

''यह कान्वेन्ट में सेकेण्ड स्टैण्डर्ड में पढ़ती है'' संजय ने गर्व के साथ कहा।

''वर्मा जी, मेरा तो विचार है कि अपने बच्चों के बेस्ट एजुकेशन के लिए उन्हें कान्वेन्ट में ही पढ़ाना चाहिए। खर्चा जरूर ज्यादा पड़ता है, पर प्राइमरी स्कूलों में न तो कोई पढ़ाई ही होती है और न बच्चे को कोई मैनर्स ही सिखाये जाते हैं।''

वर्मा मौन श्रोता की तरह सुनते रहे।

''क्या लेंगे आप? चाय या काफी। वैसे मैं तो जाड़े में हमेशा काफी ही लेता हूँ।'' कहने के साथ ही जोर से मोहिनी से बोल पड़े, ''सुनती हो। काफी ही लाना।'' फिर वर्मा से उन्होंने पूछा, ''कौन सी काफी पसन्द करते हैं–ब्लैक या मिल्क की।'' वे अपने काले और मोटे फ्रेम के चश्मे से वर्मा के पिछड़ेपन को पकड़ने की कोशिश कर रहे थे।

''हम तो, भाई, कहवा लेते हैं''–उन्होंने ही फिर कहा और व्यंग्य से मुस्कुरा पड़े। वर्मा कटकर रह गये।

तभी कालबेल की किर्र किर्र की आवाज हुई। संजय ड्राइंगरूम से ही बोल पड़े और खुद उठकर सीढ़ी के दरवाजे को खोलने चले गये।

''नमस्ते, मास्टर साहब''

उन्होंने देखा, खद्दर का मटमैले रंग का कोट और पाजामा पहने कालीचरन जीने पर खड़ा उन्हें अभिवादन कर रहा था। अभी एक हफ्ते पहले अर्थशास्त्र के प्रवक्ता जनार्दन सिंह ने उसे कालेज में ही उनसे मिलवाते हुए बताया था कि वह एक प्राइमरी स्कूल में पढ़ाता है। बी.ए. प्रथम वर्ष का प्राइवेट इम्तहान दे रहा है और राजनीतिशास्त्र में उनसे कुछ गाइडेन्स चाहता है। लेकिन 'मास्टर साहब' का संबोधन संजय को बुरा लगा। सभी उसे 'डाक्टर साहब' कहकर संबोधित करते हैं। और यह अपने को न जाने क्या समझता है।

कालीचरन अपने हाथ में एक किताब लिए बड़े अदब से चुपचाप उनकी ओर आशा भरी दृष्टि से देखता रहा। उसे पूरी उम्मीद थी कि वे उसे ऊपर चलकर अपने ड्राइंगरूम में बैठने के लिए कहेंगे जहाँ बैठकर वह राजनीतिशास्त्र सम्बन्धी कुछ आवश्यक बातें उनसे पूछेगा। लेकिन उन्होंने नाक भौंह सिकोड़ते हुए कहा–''तुम बाद में कभी आ जाना। इधर मैं बहुत बिजी हूँ।'' और खटाक से दरवाजा बन्द कर उन्होंने साकल चढ़ा दी।

''कौन था डाक्टर साहब।'' वे ड्राइंगरूम में लौटें तो वर्मा ने पूछा। उन्हें 'डाक्टर साहब' के सम्बोधन से वैसी ही प्रसन्नता होती है जैसी अंग्रेजों के जमाने में छोटे-छोटे ताल्लुकेदारों को 'राजा साहब' के संबोधन से होती थी।

''यहीं के प्राइमरी स्कूल का मुदर्रिस था'', उन्होंने बताया और फिर होठों को बिचकाते हुए कहने लगे, ''ऐसे लोगों को तो मैं जीने से ऊपर चढ़ने ही नहीं देता। नीचे से ही मैं, उन्हें डिस्पोज कर देता हूँ...'' थोड़ा रुककर फिर उन्होंने उसी लहजे में कहना शुरू किया, ''अपने कालेज में भी कुछ ऐसे मुदर्रिस आ गये हैं जो डिग्री कालेज के नाम पर कलंक हैं। जरा इनसे आप सावधान रहिएगा...मैं तो इन सभी को तर किये रहता हूँ। किसी में इतनी हिम्मत नहीं कि मुझसे आँख मिलाये...और हाँ...उस कुलदीप से आप हमेशा होशियार रहिएगा। आप यहाँ नये-नये आए हैं। इसीलिए आपको आगाह कर देना जरूरी समझाता हूँ। मेरे खिलाफ वह जरूर आपको बरगलाएगा। बड़ा रास्कल है वह...और फिर आप तो अपनी ही बिरादरी के हैं...आज जरूरत है कि हम लोग भी एकजुट हो खुलकर सामने आएँ नहीं तो ये बाम्हन के औलाद हमें हमेशा दबाते रहेंगे।'' संजय ने एक साथ कई हिदायतें वर्मा को दे डाली।

''कोर्स कितना कवर कर लिया है, डाक्टर साहब, आपने?'' वर्मा ने प्रसंग बदलने के लिए पूछा। संजय के प्रवचन को जैसे किसी ने यकायक ब्रेक लगा दी जिससे वे मन ही मन झल्ला पड़े क्योंकि अभी वे बहुत कुछ और उगलना चाहते थे।

''छोड़िए, प्रोफेसर, पढ़ने-पढ़ाने की बात..आराम बड़ी चीज है...फिर हम डिग्री कालेज के प्रोफेसर हैं कोई मुदर्रिस नहीं। कोर्स की चिन्ता हम लोग क्यों करे। लड़के साले फेल हों या जहन्नुम में जाएँ, हमें क्या लेना देना।''

पढाई के विषय पर बातचीत करने से वे कतराना चाहते थे। इसीलिए जानबूझकर विषय को बदलते हुए उन्होंने कहा, ''आजकल अण्डे बहुत मंहगे हो गये हैं। बारह रुपये दर्जन। हमारे यहाँ तो रोज छः अण्डों की खपत है। दो अण्डे मैं लेता हूँ, दो मिसेज और एक-एक निशा और दीनू। और दो किलो दूध भी रोज लग जाता है...लेकिन क्या फर्क पड़ता है इससे। और लोग जो पैसे दवा दारू में खर्च कर देते हैं उसे हम लोग दूध और अण्डे में लगा देते हैं...'' फिर धारा प्रवाह बोलते बोलते उन्हें काफी की याद आ गई। ''पल्टू...पल्टू'' वे जैसे सपने में अपने नौकर का नाम लेकर चिल्ला रहे हों। तभी मोहिनी हाथ में बड़ा सा ट्रे लिए परदे के पीछे से बोल पड़ी, ''थामिये।'' फौरन उठकर उन्होंने परदे को उठाया और मोहिनी के हाथ से ट्रे को लेकर मेज पर रख दिया। ''मुझे याद ही नहीं रहा कि

पल्टू छुट्टी लेकर घर गया हुआ है।'' वे जैसे अभी भी सपने में बड़बड़ा रहे हों।

वर्मा के सामने मेज पर एक प्लेट में पकौड़ियाँ, एक प्लेट में कुछ चम्मचें, नेस्कैफे का एक डिब्बा, तीन खाली मग, एक चीनी का पाट और एक पाट दूध का, करीने से रखकर संजय ने मोहिनी का आवाज दी, ''तुम भी चली आओ।'' मोहिनी के आने पर संजय ने ही फिर कहा, 'तुम्हीं काफी बनाओ।' फिर वर्मा की ओर मुखातिब होकर मोहिनी का गुणगान करने लगे, ''काफी ये बहुत अच्छा बनाती है।'' मोहिनी काफी बनाने लगी तो वे फिर कहने लगे, ''ऐसी काफी तो आपको शहर भर में कहीं नहीं मिलेगी...'' वर्मा पकौड़ियां खाते जा रहे थे और उनकी बातें को सुनने में दिलचस्पी दिखाते जा रहे थे–''सुरेन्द्र मोहन की मिसेज ऐसे ही काफी बनाती हैं। इस बार जब ये जयपुर गई थीं तो उन्हीं से इन्हेांने सीखा था।''

तीनों मगों में काफी तैयार हो गई तो मोहिनी ने एक-एक मग वर्मा और संजय की ओर बढ़ा दिया। वर्मा काफी सिप करने लगे। पहला सिप लेते ही उन्होंने संजय और मोहिनी की ओर एक साथ देखते हुए काफी की तारीफ की, ''वाकई ऐसी काफी शहर में कहीं नहीं मिलेगी।''

''जरा इनको अपनी वुली वाली साड़ी तो दिखा दो जिसे इन्जीनियर साहब ने तुम्हें दिया था। '' संजय के कहने पर मोहिनी झट उठकर अन्दर से साड़ी लेती आई। वर्मा के हाथ में साड़ी को रखते हुए संजय ने कहा, ''पाँच सौ की हैं यह...'' और फिर गर्व के साथ बोले, ''इम्पोर्टेड है–कितनी हल्की है, जरा देखिए तो।'' वर्मा भी बिना कुछ सोचे साड़ी की तारीफ में पुल बांधने लगे।

वर्मा की निगाह अचानक कलाई घड़ी पर पड़ गई। दस बज रहे थे। एक झटके के साथ वे उठ खड़े हो गये–बड़ी देर हो गई। मुझे बस स्टेशन जाना है। साढ़े दस वाली मेल बस से बच्चे आने वाले हैं।

''अच्छा...अच्छा...फिर कभी आइएगा।'' संजय ने खड़े होकर उन्हें विदा देते हुए कहा।

नीचे तक वर्मा को छोड़कर जब वे लौटे तो कंघी करने पिताजी वाले कमरे में चले गये। उनके पिताजी एक बसखट पर उदास से पड़े हुए थे। वे अपने विचारों में खोये हुए थे। वे सोच रहे थे कि संजय को इतना पढ़ा लिखाकर उनके परिवार को क्या मिला। पढाई करके अपने परिवार वालों की दुख चिन्ताओं में शरीक होने के बजाय उसने अपने को परिवार से अलग कर लिया। जो डेढ़ सौ रुपये वह हर महीने घर भेजा करता था, दो साल से अब उसे भी भेजना उसने

बन्द कर दिया है। यह भी नहीं वह सोचता है कि उसके माँ-ाप, उसकी मदद के बिना, कैसे-कैसे गुजर-बसर करेंगे। उल्टे अपना ही रोना वह रोया करता है कि वह खुद अपने खर्चे से परेशान रहता हैं। दूसरों की मदद वह कैसे कर पाएगा।

पाँच हजार वेतन पाने पर भी वह हमेशा अपने ही खर्चे से परेशान रहता है। उन्हें लगा कि अंग्रेजो के जमाने से चली आई इस शिक्षा व्यवस्था में ही कही कोई दोष है जो आदमी को हकीकत की दुनिया से जोड़ने कि बजाय उससे अलग कर देती है।...अपने परिवार के स्तर को ऊंचा उठाने का उनका सपना चकनाचूर हो गया। बल्कि अपने घर की गिरती दशा के अहसास से उन्हें घोर आन्तरिक क्लेश भी होने लगा।

''क्या बात है बाबू, क्यों ऐसे लेटे हैं।'' ड्रेसिंग टेबिल के सामने स्टूल पर बैठकर कंघी करते हुए संजय ने पूछा।

''ऐसे ही दूध लेने जाते समय नीचे रास्ते में आलू के कुछ बोरे पड़े थे जिन्हें अंधेरे में देख नहीं पाया और गिरा पड़ा जिससे दाहिने पैर में हल्की सी चोट आ गई है।''

''आये दिन आप एक न एक परेशानी मोल लेते रहते हैं। अभी पिछली बार बाजार मे सब्जी लाते समय आप रास्तें में इक्के से टकराकर गिर पड़े थे। हफ्तों आपकी दवा करानी पड़ी और दो तीन सौ रुपये निकल गये। क्यों नहीं आप संभाल कर चलते हैं।'' और फिर वे मन ही मन बुदबुदाने भी लगे...''इन लोगों को घर बैठाकर खिलाओ-पिलाओ और ऊपर से बीमार पड़े तो दवा भी करबाओ। दोहरी चपत। सुबह को दूध और शाम को सब्जी ला देते हैं तो कौन सा एहसान कर देते हैं। आखिर दिन भर बेकार ही तो बैठे रहते हैं। दो महीने से जब से गांव से आये हैं सिरदर्द हो गये हैं।''

''बाबू, दीनू को जरा संभालिएगा।'' मोहिनी भी अपने श्वसुर को 'बाबू' ही कहती है। उनके जवाब की प्रतीक्षा किये बिना ही वह नहाने के लिए बाथरूम की ओर जाने लगी।

7

पिक्चर

दस्तक की आवाज़ सुनकर प्रकाश ने दरवाजा खोला तो सामने लालजी को देखकर वह अवाक रह गया। अपनी आंखों पर उसे विश्वास ही नहीं हुआ। वह तो जानता था कि लालजी अपने गांव गया हुआ है। उसी ने आफिस में होली के पहले बताया था कि इस बार होली का त्यौहार वह बाल-बच्चों सहित अपने गांव में ही मनाएगा और फिर बाल-बच्चों को वहीं छोड़ता भी आएगा ताकि गांव के विशुद्ध जलवायु में कुछ दिन और वे रह सकें। अपनी उन पारिवारिक परेशानियों का भी जिक्र उसने किया था जिन्हें वह पिछले तीन-चार वर्षों से लगातार झेलता आ रहा था। विपत्तियों का अटूट सिलसिला उसके परिवार पर बना हुआ था। पहले बीस-इक्कीस साल की कच्ची उम्र में उसका छोट भाई काल कवलित हुआ। फिर उसके पिता का साया क्रूर नियति ने उसके ऊपर से सदा के लिए उठा लिया। और अब उसकी पत्नी की बारी है। साल भर से वह रोग-शैय्या पर है। एक्सरे रिपोर्ट देखकर डाक्टर ने उसे बताया था कि उसके बाएँ फेफड़े में दाग आ गया है जिसके इलाज के लिए गहन चिकित्सा सेवा की जरूरत है। हर महीने उसके दो तीन सौ रुपये तो दवा-दारू में ही फुर्र हो जाते है। इस पर से जबसे उसकी पत्नी रोग शैय्या पर पड़ी है, दफ्तर के बाद का उसका सारा समय घर के ही काम काज में लग जाता हैं जिससे कभी कभी वह बड़ी ऊब भी महसूस करता है। रोग-ग्रस्त पत्नी की तीमारदारी, बच्चों को नहलाना-धुलाना, बाजार-हाट करना, खाना पकाना आदि कई जंजाल एक साथ उसके सिर पर फट पड़े हैं।

"तुम अपने गांव नहीं गये होली की छुटटी में!" लालजी को अपने बैठक में बिठाते हुए प्रकाश ने ही पूछा।

"जाना तो था, लेकिन पत्नी की हालत अचानक फिर बिगड़ जाने से नहीं जा सका क्योंकि चेकअप के लिए उन्हें फौरन डाक्टर के पास ले जाना पड़ गया

था। डाक्टर की दवा से उन्हें कुछ राहत भी हुआ। लकिन उन्हें हिलने डुलने के लिए डाक्टर ने बिल्कुल मना कर दिया हूँ।''

''लेकिन तुमने यह सब मुझे नहीं बताया'' प्रकाश ने शिकायती लहजें में कहा।

''यही सब तुमसे बताने मैं यहाँ आया हूँ। कल होली के कारण रंग पड़ने के डर से मैं बाहर कहीं निकला ही नहीं। होली खेलने का मेरा मूड भी नहीं था।'' लालजी ने अपनी सफाई थी।

''सच मानों...यदि मुझे मालूम होता था कि तुम होली में अपने गांव नहीं जा सके और यहीं पर हो तो मैं खुद कल होली में तुमसे मिलने तुम्हारे यहाँ जरूर आता। कल किशन और हरदयाल दोनों आये थे होली खेलने। बल्कि आज ''चन्द्रलोक'' मैं मैटिनी शो में 'प्रेमिका' पिक्चर देखने का प्रोग्राम भी किशन बना गया है। पिक्चर भी काफी अच्छी है जैसा कि किशन बता रहा था...तुम भी साथ में रहते तो कम्पनी काफी अच्छी रहती...'' कहते हुए प्रकाश रुक गया और लालजी की प्रतिक्रिया की प्रतीक्षा करने लगा-

''...ठीक है...तुम कहते हो तो मैं भी आने की कोशिश करूँगा...शायद इससे मेरा भी मन कुछ बहल जाये...'' उसने उदास मन से कहा और फिर सामने दीवार घड़ी की ओर देखने लगा।

''शायद तुम जाने की जल्दी में हो'' प्रकाश ने अनुमान लगाया।

''हाँ..मैं जरा जल्दी में हूँ। घर के सारे काम अधूरा छोडकर आया हूँ सिर्फ तुम्हें बताने कि मैं गांव नहीं जा सका।'' कहने के साथ ही वह उठ खड़ा हो गया।

बैठक से निकलकर लालजी बाहर दालान में आ गया। तभी प्रकाश पूछ बैठा, ''तुम बाहर लखनऊ या इलाहाबाद के मेडिकल कालेज में ले जाकर भाभी जी को क्यों नहीं दिखा देते?''

''अभी एक दो हफ्ते और देख लूं। तब फिर सोचूंगा उन्हें कही बाहर दिखाने के लिए।''

मैटिनी शो का मध्यान्तर हुआ। ताजी हवा के लिए प्रकाश, किशन और हरदयाल पिक्चर हाल से बाहर आ गये।

प्रकाश आश्वस्त हुआ कि पिक्चर सचमुच अच्छी जा रही हैं। पहले तो उसने सोचा था कि प्यार-वार के घिसे पिटे थीम पर बनी यह कोई फार्मूला पिक्चर होगी। इसी कारण इस पिक्चर को देखने की उसकी तनिक भी इच्छा नहीं हो रही थी। लेकिन किशन माना ही नहीं। उसी ने बार-बार यह आग्रह किया था कि ऐसी

अच्छी पिक्चरें उसे मिस नहीं करना चाहिए। इसीलिए उसने सोचा कि इस बढ़िया सुझाव के लिए वह किशन को बधाई तो दे ही दे।

"पिक्चर वाकई ए-वन है। तुम्हें मेरी बधाई।"

"कुछ दृश्य तो गजब के हैं।" हरदयाल ने भी अपनी ओर से जोड़ दिया। अपनी पसंद के लिए दाद पाकर किशन मन ही मन गदगद हो उठा। प्रमुदित मन से उसने अपने कुर्ते के दाहिने जेब को पहले बाहर से टटोला। फिर जेब से पैसों को अपनी बाईं गदोली पर निकालकर उन्हें गिनने लगा। "चलेगा"—वह मन ही मन आश्वस्त हुआ। फिर उसने ही प्रस्ताव रखा "चलिए, जरा हम लोग पान खा लें।"

"तुम जाकर यहीं लेते आओ।" हरदयाल तनिक भी हिलना डुलना नहीं चाह रहा था।

किशन राजी हो गया और तुरन्त पान लेने चला गया। तभी प्रकाश ने हर दयाल से कहा, "लेकिन यार। भीड़ तो बिल्कुल नहीं है। हाल मुश्किल से आधा भरा होगा जबकि होली की छुट्टियां भी चल रही हैं।"

"अपने यहाँ अच्छी पिक्चरों का यही हश्र होता है। देखा नहीं था पिछली बार तुमने। 'सारा आकाश'में इससे भी कम दर्शक थे। जबकि पिक्चर का पहला ही सप्ताह चल रहा था।" हरदयाल ने भी अपनी टिप्पणी दी।

"इसीलिए तो मेरा विचार था कि हम लोग भी फर्स्ट क्लास ही में देखते। टिकट भी आसानी से मिल जाता।"

प्रकाश ने भी अपना सुझाव दिया।

"क्या कहा..." हरदयाल ने तत्काल टोकते हुए कहा, "फर्स्ट क्लास में हमें देखना चाहिए था। यार, तुम भी कभी कभी ऐसे घटिया सुझाव दे डालते हो कि सुनकर कोफ्त होने लगती है। हर नत्थू-कतवारू भी अब फर्स्ट क्लास में देखने लगा है। भाई, हमें अपना स्टेटस भी तो देखना पड़ता है। देखते नहीं अपने ही आफिस के धवन को। पिक्चर वह हमेशा बालकनी में ही देखता है..." हरदयाल बकता जा रहा था। तभी पान का बीड़ा लेकर किशन लौट आया। प्रकाश और हरदयाल को पान का बीड़ा थमाते हुए उसने उन दोनों से पूछा, "क्यों हिरोइन का रोल तुम लोगों को कैसा लगा?" और पूछने के साथ ही पान का एक बीड़ा खुद उसने अपने मुँह में रख लिया।

"बिल्कुल आधुनिक प्रेमिका जैसी उसने जानदार रोल किया है।"हरदयाल ने ही सर्वप्रथम उत्तर दिया।

"यह तो कोई खास बात नहीं हुई।" प्रकाश ने तुरन्त उसकी बात का खण्डन करते हुए कहा।

"और उसका प्रेम भी आधुनिक है"–हरदयाल ने दूसरा तर्क दिया।

"यह भी कोई खास बात नहीं"–प्रकाश ने फिर खण्डन किया और फिर थोड़ा गंभीर मुद्रा बनाते हुए कहने लगा, "क्या तुम सिर्फ इसीलिए इसे एक आधुनिक प्रेम कह रहे हो क्योंकि प्रेमिका अपने प्रेमी के साथ तरह-तरह के छल रचती है। और फिर घर से भाग कर अपने उसी प्रेमी से ब्याह भी रचा लेती है?"

प्रकाश के इस तर्कसंगत प्रश्न का कोई जवाब उसे तत्काल नहीं सूझा। वह कुछ-कुछ दुविधा में पड़ गया जिसे भांपकर प्रकाश ने खुद उत्तर सुझाते हुए कहा–"खास बात तो मेरे विचार से यह है कि प्रेमिका का छल उसके प्रेम की गरिमा को हल्का नहीं करता..."

"...तो फिर क्यों अपने बीमार पति को घर में अकेला छोड़कर वह क्लब जाया करती है?" किशन भी बीच बहस में कूद पड़ा।

किशन द्वारा उछाले गये इस अप्रत्याशित प्रश्न का उत्तर न तो प्रकाश के पास था और न हरदयाल के पास ही। निरूत्तर से दोनों झेंप गये और एक दूसरे का मुँह देखने लगे। तभी अपनी झेंप पर आवरण डालने के प्रयास में हरदयाल अपनी कलाई घड़ी प्रकाश और किशन को दिखाते हुए उन्हें सजग करने लगा छोड़ो यह सब बहस। इन्टरवल अब समाप्त होने वाला है। हम लोग हाल में चलें।

वे तीनों बालकनी के गेट की ओर आगे बढ़ने ही वाले थे कि अकस्मात लालजी सामने से आता दिखाई पड़ गया। अपने अगल बगल से गुजरते लोगों से बेखबर आत्मलीन सा वह उनकी तरफ चला आ रहा था। लेकिन दस-पन्द्रह कदम चलकर अचानक वह रुक गया और अपने दाईं ओर मुँह करके खड़े-खड़े न जाने क्या वह बड़े ध्यान से देखने लगा। अभी पाँच बज रहे थे और उजाला भी काफी था। लेकिन लालजी जहाँ खड़ा था वहाँ न तो कोई दुकान थी। और न ही कोई दीवाल। देखने के लिए वहाँ कुछ भी नहीं था। उन तीनों को एक क्षण के लिए लगा कि लालजी जानबूझकर उन्हें अनदेखा कर रहा है। अथवा हो सकता है कि उन्हें उसने देखा ही नहीं और यूं ही खड़े-खड़े आदतन शून्य में कुछ तलाश रहा हो।

किशन और हरदयाल हाल में प्रवेश करने की हड़बड़ी में थे। दोनों ने प्रकाश से भी हाल में चलने के लिए आग्रह किया क्योंकि लालजी की प्रतीक्षा करने में कहीं पिक्चर शुरू हो गई तो कुछ 'सीन्स' छूट सकते हैं। और जहाँ तक लालजी से भेंट करने की बात है वे 'शो' छूटने के बाद भी उससे मिल सकते हैं। इस समय

उसकी प्रतीक्षा करना बिल्कुल व्यर्थ है। लेकिन उनकी तर्कसंगत राय से प्रकाश मन से सहमत नहीं हो रहा था। बल्कि लालजी से मिलने के लिए वह इतना उतावला था कि वहीं से वहीं खड़े खड़े लालजी को आवाज देने लगा। लालजी पर उसकी आवाज का कोई असर जब नहीं हुआ तो उसने दोबारा जरा और जोर से आवाज दी। इस बार लालजी ने गर्दन घुमाकर उन तीनों की ओर देखा और फिर धीमी चाल से उनकी ओर बढ़ने लगा।

"मुझे चिन्ता हो रही थी कि तुम्हारी पत्नी की तबियत शायद फिर बिगड़ गई है।" लालजी पास आ गया तो प्रकाश ने ही आत्मीय भाव से कहा लेकिन प्रकाश की बात का जवाब दिये बिना वह फिर न जाने क्यों लौटने लगा-

"अभी आ रहा हूँ। सोडा वाटर पीकर। पेट कुछ गड़बड़ है।" कहते हुए झट वह आगे बढ़ गया।

"देखो, देर मत करना" प्रकाश ने तत्काल कहा "हम लोग यहीं पर तुम्हारी प्रतीक्षा कर रहे हैं।"

"नहीं...नहीं...तुम लोग अन्दर चलो। मेरा इन्तजार मत करना...पता नहीं मुझे कितना समय लग जाय...मैं..." आगे बढ़ते हुए वह कुछ कहता जा रहा था जो उन्हें साफ साफ सुनाई नहीं पड़ रहा था।

वह आगे बढ़ गया तो प्रकाश की ओर देखकर हरदयाल भुनभुनाते हुए कहने लगा–वह हमें एवायड कर रहा है और तुम्हें उसे अपने साथ लेने की पड़ी है।

"मुझे भी यही लग रहा है।" किशन ने भी हामी भरते हुए कहा।

"लेकिन वह क्यों ऐसा करेगा?" प्रकाश ने अपनी असहमति व्यक्त करते हुए कहा "कितने सहज और आत्मीय भावसे हमसे वह मिला करता है। फिर आज ही क्यों वह... ।"

"कारण तो मैं समझ रहा हूं।" विदूषक की भांति उन दोनों की उत्सुकता को जगाकर किशन फिर चुप हो गया।

प्रकाश ने देखा कि लालजी सोडा वाटर की दुकान पर पहुँच चुका था। उसने खीझते हुए किशन से पूछा, "चुप क्यों हो गये? बताते क्यों नहीं साफ साफ" क्योंकि उसे लग रहा था कि किशन महज अटकले लगा रहा था। लालजी जरूर सोडा वाटर पीकर वापस आयेगा।

"असल में वह फर्स्ट क्लास में देख रहा है तभी...."

किशन ने ऐसे अन्दाज में कहा जैसे वह कोई रहस्य की बात बता रहा हो।

"नहीं...नहीं...इतनी सी बात के लिए वह हमें एवायड नहीं करेगा"

किशन की बात को बीच में काटते हुए प्रकाश ने कहा, ''फर्स्ट क्लास में तो वह हमेशा ही देखता आया है। बल्कि सेकेन्ड क्लास में भी देखने में उसे कोई हिचक नहीं होती। तुम लोग व्यर्थ में उसके बारे में अटकलें लगा रहे हो।''

''अभी भी तुम उसे पूरी तरह समझ नहीं सके हो'' किशन अपनी राय पर अटल था,'' झेंप के कारण ही वह हमसे कतरा रहा है।''

लालजी की प्रतीक्षा करने का और अधिक धैर्य किशन और हरदयाल में नहीं रहा। प्रकाश को वहीं छोड़कर वे तेज कदमों से बालकनी के गेट की ओर बढने लगे। फिर प्रकाश भी विवश होकर उनके पीछे पीछे बढ़ने लगा। लेकिन दो कदम आगे चलकर वह फिर रुक गया और पीछे मुड़कर उसने जोर से लालजी को पुकारा। उसने देखा पानी से भरा शीशे का गिलास थामे वह दुकान पर खड़ा था। दो तीन घूट पानी हलक में उतारने के बाद उसने वहीं से अपना दाहिना हाथ हवा में लहराते हुए जोर से आवाज दी :

''तुम लोग चलो...''

''मेरी बात मानते नहीं'' झल्लाते हुए किशन ने कहा और बड़ी तेजी से आगे बढ़ने लगा, ''उसकी प्रतीक्षा करना बेवकूफी है।''

प्रकाश उलझन में पड़ गया। कहीं वाकई पिक्चर शुरू हो गई तो पिक्चर देखने का सारा मजा किरकिरा हो जाएगा। इस ख्याल से विवश होकर वह भी किशन और हरदयाल के पीछे पीछे आगे बढ़ने लगा।

बालकनी के गेट का पर्दा उठाकर प्रकाश हाल के अन्दर आ गया। लेकिन उसने देखा पर्दे पर अभी विज्ञापन के स्लाइड ही चल रहे थे। उसकी इच्छा हुई कि इस बीच एक बार फिर लालजी को आवाज देकर बुलाये अन्दर आने के लिए। फिर गेटकीपर से पास लेकर वह त्वरित गति से हाल से बाहर आ गया। उसने देखा लालजी तब तक पानी पी चुका था और फर्स्ट क्लास गेट की ओर लपका जा रहा था।

मैटिनी शो समाप्त होने पर वे तीनों अपने अपने स्कूटर निकालने स्कूटर स्टैण्ड पर आ गये। तब तक लालजी से मिलने की प्रकाश की भी उत्सुकता समाप्त हो चुकी थी। तभी लालजी साइकिल स्टैण्ड की ओर जाता दिखाई पड़ गया। लेकिन वे तीनों सतर्क थे। जान बूझकर उन्हेंाने उसे अनदेखा कर दिया।

अपनी-अपनी गाड़ियों को किक मारकर वे अपनी-अपनी सीटों पर बैठने ही जा रहे थे कि तभी अपनी साइकिल का हैण्डिल थामे लालजी आ धमका। बड़े सहज भाव से उन तीनों को साथ संबोधित करते हुए उसने कहा, ''अरे यारो, दो मिनट जरा और रुक जाओ।''

न चाहते हुए भी वे तीनों उसके अनुरोध को टाल नहीं सके और वहीं रुक कर उन्होंने अपनी-अपनी गाड़ियां खड़ी कर दी। फिर लालजी ने ही प्रस्ताव किया "आओं, पहले होली-मिलन तो हो जाय।"

सभी एक दूसरे के गले मिल चुके तो लालजी ने ही उन्हें अवगत कराया कि वह देर से पिक्चर हाल में पहुँचा था। तब तक पिक्चर शुरू हो चुकी थी। उसने बिना किसी झिझक के यह भी बताया कि वह फर्स्ट क्लास में देख रहा था। उसके इस सहज आत्म-स्वीकृति से उसके प्रति उनका मनो-मालिन्य कम हुआ जिससे वे उसके प्रति थोड़ा सहज होने लगे।

कुर्ता-पाजामा में लालजी उनके सामने खड़ा था। उसकी बेतरतीब ढंग से बढ़ी हुई दाढ़ी साफ-साफ दिखाई पड़ रही थी। पैरों में घिसे हुए हवाई चप्पल उसने डाल रखे थे। अपने कंधों को रह-रह कर वह उचकाता भी जा रहा था।

"पिक्चर कैसी लगी तुम लोगों को?" चुप्पी की दीवाल तोड़ते हुए लालजी ने ही बातचीत शुरू की।

"तुम्हें कैसी लगी?" प्रकाश ने वही प्रश्न उस पर उछाल दिया।

"अच्छी लगी..." बड़े आत्मविश्वास के साथ वह बोल पड़ा, "अच्छी ही नहीं बल्कि काफी अच्छी..." फिर थोड़ा रुककर एक गंभीर मुद्रा बनाते हुए वह फिर कहने लगा "...और इसकी थीम तो लाजवाब है। जिन्दगी की परेशानियों से जूझते आदमी को बीच-बीच में थोड़ा मनोरंजन भी मिलते रहना चाहिए ताकि अपनी परेशानियों से जूझने के लिए वह अपने अन्दर नई ऊर्जा संचित कर सके -संक्षेप में यही इस पिक्चर का थीम है मेरी समझ से।"

"मैं भी यही समझ रहा था कि यह पिक्चर तुम्हें जरूर अच्छी लगी होगी।" मजाकिया लहजे में प्रकाश ने कहा।

"क्यों?"...मैं समझता हूँ तुम सभी को पिक्चर अच्छी लगी होगी।"...लालजी ने तुरन्त प्रतिवाद किया। फिर किशन और हरदयाल को लक्ष्य करते हुए वह कहने लगा, "हाँ अलबत्ता उन लोगों को यह पिक्चर कभी पसंद नहीं आएगी जो एक बनावटी जिन्दगी जीते हैं...आम तौर पर तो लोग यही सोचते हैं कि प्रेमी-प्रेमिका जब बाद में पति-पत्नी हो जाते हैं तो उनके प्रेम की भावना परस्पर ईर्ष्या, शंका और कटुता में बदल जाती है। लेकिन यह सच्चाई नहीं है। सच्चा प्रेम तो वह हैं जो हमें आन्तरिक शक्ति प्रदान करे, जो इन्सान और इन्सान के बीच के फासले को मिटायें। प्रेमी-प्रेमिका या पति-पत्नी के बीच प्रेम की कसौटी भी यही है। इसीलिए पिक्चर की नायिका मुझे एक जीवन्त महिला लगी क्योंकि प्रेमिका से

पत्नी बन जाने पर भी उसका अटूट प्यार बना हुआ है। प्रेम के इस प्रेरक स्वरूप को वह पहचानती है। तभी उसमें उदात्त भावना और जीवन के प्रति उत्साह की ललक देखने को मिलती है...''

किशन और हरदयाल पर लालजी के इस लम्बे भाषण का कोई असर नहीं पड़ा। बल्कि मन ही मन वे कुढ़ने भी लगे क्योंकि उन्हें लगा उन्हें मूर्ख समझकर वह अपना लेक्चर पिला रहा है। हरदयाल तो मन ही मन उसे गालियां भी देने लगा-साला, अपने को अफलातून समझता है।

''फिर नायिका अपने पति को घर में अकेला छोड़कर रात को क्लब क्यों जाया करती है?'' किशन ने वही अनुत्तरित प्रश्न फिर उछाल दिया और लालजी को कनखियों से ऐसे देखने लगा जैसे उसने कोई बहुत बडा तीर मार लिया हो।

लेकिन किशन के इस अप्रत्याशित प्रश्न से लालजी तनिक भी विचलित नहीं हुआ। बीड़ी का एक बण्डल उसने अपने कुर्ते की जेब से निकाला। फिर एक बीड़ी बण्डल से निकालकर उसने अपने मुँह में लगा लिया। फिर निःसंकोच भाव से बीड़ी के बण्डल को बारी-बारी से उन तीनों की ओर बढ़ाने लगा। तभी किशन ने झट अपने पैण्ट की जेब से सिगरेट की एक डिब्बी से एक-एक सिगरेट निकाल कर उसने प्रकाश और हरदयाल की ओर बढ़ा दिया। लेकिन प्रकाश ने उसे मना कर दिया क्योंकि उसे सिगरेट पीने की तनिक भी इच्छा नहीं हो रही थी।

किशन के इस अवांछित व्यवहार को एक बचकाना हरकत समझकर लालजी ने इस पर कोई ध्यान नहीं दिया। फिर उसने बीड़ी का लम्बा कश लिया। एक दार्शनिक सी गंभीरता उसके चेहरे पर उभर आई। फिर अपनी पैनी दृष्टि से वह किशन के मन की थाह लेने लगा।

''शायद पहली बार तुमने एक बुद्धिमानी का प्रश्न किया है।'' बीड़ी का धुआं बाहर निकालते हुए उसने किशन को आड़े हाथों लिया, ''लेकिन तुमने इस पर गौर नहीं किया कि क्लब से लौटने के बाद नायिका अपने दुगुने-चौगुने तत्परता से शैय्या-ग्रस्त अपने बीमार पति की तीमारदारी में जुट जाती है। यहाँ तक कि अपने पति के इलाज के लिए अपनी मां से मिले गहनों को भी एक-एक कर बेच डालने में वह जरा भी नहीं हिचकती है।'' कहते हुए वह अपने कंधों को रह-रह कर उचकाता हुआ मार्कीन के कुर्ते की बाहों को ऊपर चढ़ाता जाता।

प्रकाश ने साफ-साफ देखा कि उसका कुर्ता बायें कंधे के पास फटा हुआ था जिसे छिपाने की वह नाकाम कोशिश कर रहा था।

लालजी के तर्क से पराजित किशन अन्यमनस्क भाव से सामने दीवाल पर

चिपके फिल्मी पोस्टरों को देखने लगा। हरदयाल भी दीवाल के बाहर सड़क पर भागती वाहनों को देखने लगा।

तभी जैसे लालजी के ज़ेहन में यकायक कोई बात कौंध गई हो, उसका तेवर अचानक बदल गया-

"यारों...क्षमा करना...पत्नी बेचारी घबड़ा रही होगी। उसे दवा देने का समय भी हो गया है।" उसने सहज भाव से कहा और उनके प्रत्युत्तर की परवाह किये बिना वह झट साइकिल पर सवार होकर पैडिल मारने लगा...

8

झूठा बयान

जाँच समिति के गठन को लेकर विद्यार्थियों और अध्यापकों के बीच बड़ी सरगर्मी थी। जाँच-समिति की जाँच पाँचवें रोज से शुरू होने वाली थी। विद्यार्थियों का कहना था कि मैनेजर साहब के इस आवश्वासन से कि उनकी सभी उचित माँगें पूरी कर दी जाएँगी, उन लोगों ने अपना हड़ताल समाप्त कर दिया। जब हड़ताल समाप्त हो गई तो फिर हड़ताल सम्बन्धी जाँच-समिति किसलिए गठित की गई है? विद्यार्थियों को इसमें किसी साजिश की गंध आने लगी। उन्हें लगा कि उन्हें सरासर बेवकूफ बनाया गया है। जब हड़ताल समाप्त करवाना था तो ये ही मैनेजर सहब उनसे मिन्नतें करते रहे। बला जब टल गई तो उन्हें ठेगा दिखा दिया गया। इससे तो यह भी लगता है कि छात्र-नेताओं को विद्यालय से निकाल बाहर करने के लिए यह सुनिश्चित जाल रचा गया है। उधर अध्यापक-वर्ग में भी कुछ इसी तरह की मिली-जुली प्रतिक्रियायें हुई थीं। उनका बहुमत इस नतीजे पर था कि समिति का यह गठन विद्यालय से कुछ विरोधी अध्यापकों को निकालने के लिए प्रिन्सिपल की एक कुटिल चाल थी। उस दिन स्टाफरूम में मध्यान्तर में अध्यापकों के बीच चल रही गरमागरम बहस के बीच चौधरी जी और त्रिपाठी जी ने खुलकर यह एलान भी कर दिया था कि केवल उन्हीं दोनों को विद्यालय से निकालने के लिए प्रिन्सिपल ने यह जाल रचा था। साथ ही यह भी एलान किया था कि जितना आसान प्रिन्सिपल साहब समझते हैं उतना आसान है नहीं उन्हें विद्यालय से निकालना। वहीं प्रिन्सिपल के समर्थक अध्यापक शिवमोहन जी, गुप्ता जी, यादव जी वगैरह ठीक इसके विपरीत विचार रखते थे। उनका विचार था कि इस लफड़े में बेवजह प्रिन्सिपल साहब को लपेटकर उन्हें झूठमूठ बदनाम किया जा रहा है। उनका अनुमान तो यहाँ तक था कि विद्यार्थियों को बरगलाकर हड़ताल करवाने में निहित स्वार्थ वाले कुछ अध्यापकों का हाथ जरूर था। लेकिन बवाल

मचने के भय से वे खुलकर अपनी बात नहीं व्यक्त कर सकते थे, क्योंकि स्टाफ में बहुमत प्रिन्सिपल के विरोधियों का ही था।

लेकिन रामलगन मास्टर इस विषय पर बिल्कुल मौन और तटस्थ थे। उनका कहना था कि उन्हें इस बात से क्या लेना देना कि प्रिन्सिपल साहब गलत-सही क्या-क्या जाल रचते हैं, किस-किस से खुश रहते हैं और किस-किस से नाखुश। उन्हें इस बात से भी क्या सरोकार कि चौधरी जी और त्रिपाठी जी हड़ताल के लिए जिम्मेदार हैं अथवा नहीं। वे हों तो हुआ करें। उन्हें क्या पड़ी है व्यर्थ के इन पचड़ों में पड़ने की। उनका सरोकार सिर्फ इस बात से था कि एक अध्यापक को अपना दायित्व निष्ठा और ईमानदारी से निभाना चाहिए। अध्यापक का दायित्व है पढ़ना-पढ़ाना। वे स्वंय इस दायित्व का पालन करते थे। वे ठीक समय पर विद्यालय पहुँचते और शाम को किताबों और कापियों के बण्डल बगल में दबाये सीधे घर वापस आ जाते। किसी अन्य अध्यापक के घर उनका उठना बैठना भी नहीं था। विद्यालय से आकर वे थोड़ा विश्राम करते क्योंकि नित्य रात को कापियाँ जाँचने, पढ़ाने के लिए खुद पढ़ने तथा विद्यालय में कम से कम छः पीरियड लेने के कारण वे थक कर चूर हो जाते थे। विश्राम के बाद फिर अकेले ही शाम को टहलने निकल पड़ते और गंगा के रेतीले तट पर कलक्टर घाट से कोयला घाट तक किरण डूबने तक टहलते रहते।

पिछली जुलाई में जब वे विद्यालय में नव नियुक्त हुए थे तभी प्रिन्सिपल साहब के रवैये और स्टाफरूम में अध्यापकों की बातचीत से उन्हें इस बात का अनुमान तो लग ही गया था कि प्रिन्सिपल साहब चौधरी जी और त्रिपाठी जी से अप्रसन्न रहते हैं। फिर उन्होंने ये समझने की कोशिश की थी कि आखिर उनकी कौन-कौन सी आपत्तिजनक हरकतें हैं जिनके कारण उनसे प्रिन्सिपल साहब अप्रसन्न रहते हैं। फिर यकायक उन्हें उस शाम का स्मरण हो आया जब उनका सलेक्शन हो जाने के बाद मैनेजर साहब ने उन्हें हिदायत दी थी कि वे जाकर प्रिन्सिपल साहब से उनके बंगले पर मिल लें। धड़कते दिल से उस शाम उन्होंने प्रिन्सिपल साहब के बंगले के अहाते में प्रवेश लिया था क्योंकि नौकरी का उनका यह पहला अनुभव था। प्रिन्सिपल साहब पहले से ही अपने बंगले के बाहर लान में आराम कुर्सी पर बैठे उन्हीं की प्रतीक्षा कर रहे थे। उन्हें देखते ही सामने की खाली कुर्सी पर बैठने का इशारा करते हुए प्रिन्सिपल साहब तुरन्त बोल पड़े—"आइये मास्टर साहब। मैं आपका ही इन्तजार कर रहा था।" फिर सहमते हुए वे कुर्सी पर बैठ गये थे। सलेक्शन कमेटी के सामने साक्षात्कार के बाद प्रिन्सिपल साहब से

उनकी यह दूसरी मुलाकात थी। साक्षात्कार के दौरान उनसे कई सवाल भी उन्होंने पूछा था। लेकिन तब प्रिन्सिपल साहब के डील-डौल और आकार का कोई खास नक्शा उनके जेहन में नहीं बना था। लेकिन इस बार गौर से उन्होंने अपने सामने आराम कुर्सी पर बैठे प्रिन्सिपल साहब को देखा–तोंदियल, मोटी खोपड़ी और कुचुर-कुचुर आँखों वाला एक आकृति। बात शुरू उन्होंने ही की थी–'आपका सलेक्शन मेरे ही कारण हुआ था। मैनेजर साहब तो राजी ही नहीं हो रहे थे...खैर...मैंने खास तौर से आपको यह बताने के लिए यहाँ बुलाया है कि यहाँ का माहौल बहुत गन्दा है। यहाँ के अध्यापकों से जरा सम्भल कर रहिएगा।...फिर दो चार मिनट इधर-उधर की औपचारिक बातों के बाद वे वहाँ से चले आये थे। उनके विचारों का तारतम्य तब टूटा जब मदन चपरासी की आवाज उनके कानों में पड़ी–"मास्टर साहब, आपको साहब याद कर रहे हैं।"

"कह दो अभी आ रहा हूँ" अचकचाते हुए उन्होंने एक झटके से कहा जैसे किसी ने उन्हें अधूरे नींद से जगा दिया हो। मदन चपरासी चुपचाप चला गया।

प्रिन्सिपल के रूम में उन्होंने प्रवेश किया तो प्रिन्सिपल साहब किसी व्यक्ति से बातचीत में मशगूल थे। उन्हें अन्दर आते देख प्रिन्सिपल साहब ने उन्हें तुरन्त टोका, "जरा बाहर ही ठहरिये।"

फिर वे बाहर निकल आये और प्रिन्सिपल साहब के कक्ष के बाहर बेंच पर बैठकर बेसब्री से उनके बुलावे का इन्तजार करने लगे।

रामलगन जी स्वतन्त्र विचार के व्यक्ति थे। किसी का रोबदाब सहन करने का दब्बूपन उनमें नहीं था। अपने इसी व्यक्तित्व की रक्षा के निमित्त ही उन्होंने शिक्षक बनना पसन्द किया था। लेकिन प्रिन्सिपल साहब के रवैये से उन्हें झटका लगा जिससे वे खिन्न हो उठे। एक असह्य घुटन सी उन्हें महसूस होने लगी। क्या इसी 'बॉसिज्म' को झेलने के लिए उन्होंने शिक्षक बनना पसन्द किया था? झल्लाकर उन्होंने सोचा कि प्रिन्सिपल से मिले बिना ही लौट जाये। जो दूसरों के आत्म-सम्मान को तुच्छ समझता है, उससे मिलने की क्या जरूरत?

"चलिए साहब"–मदन चपरासी ने फिर आकर उनसे कहा और कहने के साथ ही उसने दायें हाथ से चिक को भी उठा दिया। फिर यन्त्रवत वे चुपचाप अन्दर चले गये।

अपनी कुर्सी पर बैठे प्रिन्सिपल साहब चाकू से एक लम्बा लिफाफा खोल रहे थे। उनके सामने पड़ी कुर्सी पर रामलगन जी आकर बैठ गये। अपने अन्दर उफनते क्रोध पर काबू पाने के लिए उन्होंने मुटिठयाँ बाँध ली और निर्विकार भाव से बैठे रहे।

प्रिन्सिपल साहब ने लिफाफा खोला और कोई पत्र उसमें से निकाल कर पढ़ने लगे। पत्र पढ़ लिया तो उसे मेज पर दाईं ओर पेपरवेट के नीचे दबा दिया। फिर मेज की ओर झुकते हुए अपने दोनों कुहनियों को उन्होंने मेज पर टिकाया। फिर दोनों हाथों की उंगलियों को आपस में उलझाते हुए एक नाटकीय अन्दाज में रामलगन जी से कहने लगे–"एक शिकायत आई है मैनेजर साहब की, कि आप अक्सर क्लास में देर से जाते हैं और घंटा बजने के पहले ही पढ़ाकर चले भी जाते हैं।" फिर एक प्रश्नवाचक दृष्टि से वे घूरकर उनकी ओर देखने लगे।

प्रिन्सिपल साहब के इस मिथ्या दोषारोपण का रामलगन जी क्या जबाब दें, उनकी समझ में कुछ नहीं आया। यह तो उनका दिल ही जानता है कि मैनेजर साहब के लड़के का ट्यूशन (वह भी अवैतनिक) करने में उन्हें कितनी दिक्कतों से गुजरना पड़ता है। अपनी आदत के विरूद्ध तड़के ही रोज उन्हें अपना बिस्तर छोड़ देना होता है और सात बजते-बजते वे फिट-फाट होकर ट्यूशन के लिए घर से निकल पड़ते हैं। कपूरपुर और गोरा बाजार के बीच का पाँच किलोमीटर का कोई कम फासला नहीं है। इस लम्बे रास्ते को अपनी साइकिल से तय करने में उन्हें कम-से-कम बीस मिनट तो लग ही जाता है। ट्यूशन से लौटते के बाद फिर बिना कुछ सुस्ताये ही वे भोजन करने बैठ जाते हैं और हाँफते हुए घोड़े की तरह कौर को गट-गट निगलकर चटपट विद्यालय के लिए निकल पड़ते हैं ताकि वे विद्यालय भी ठीक समय से पहुँच सकें।

"एक शिकायत उनकी और है", प्रिन्सिपल ने एक और रद्दा देते हुए कहा कि "आप अच्छे ढंग से अंग्रेजी नहीं पढ़ा पाते हैं।" इस वार-पर-वार से राम लगन जी को चक्कर सा आने लगा। उनका समूचा शरीर झनझना उठा। अपना अपमान उन्हें बर्दाश्त के बाहर लगा। उन्होंने सोचा कि प्रिन्सिपल साहब को खरी-खोटी सुनाते हुए झटके से उठकर यहाँ से चल दें और रास्तें में मैनेजर साहब के घर होते हुए उनसे यह कहते भी जाएँ कि अपने लड़के के लिए कोई दूसरा ट्यूटर तालश लें। ऐसे अवैतनिक ट्यूशन से बाज आये। विद्यालय के सभी अध्यापकों की दृष्टि में वे अंग्रेजी के योग्य अध्यापक हैं। विद्यार्थी भी उन्हें अंग्रेजी का 'एक्सपर्ट टीचर' मानते हैं। और एक मैंनेजर साहब हैं। वे उन पर उल्टे इल्जाम लगाते हैं कि उन्हें ठीक से अंग्रेजी पढ़ाना नहीं आता।

"लेकिन आपसे कहलवाने की क्या जरूरत थी मैनेजर साहब को? क्या वे खुद मुझसे नहीं कह सकते थे?" अपने को बहुत संभालते-संभालते भी उन्होंने अपनी नाराजगी व्यक्त कर दी।

प्रिन्सिपल साहब का तीर निशाने पर लग चुका था। एक मंजे हुए अभिनेता की तरह अपना तेवर उन्होंने तुरन्त बदल दिया–"डोन्ट टेक इट अदरवाइज...इससे परेशान होने की क्या बात है? मैंने सब समझा दिया है मैंनेजर साहब को।..." उन्होंने रामलगन जी को सांत्वना देते हुए कहा, "हाँ इतना जरूर है कि आइन्दा से आप जरा समय की पाबन्दी का खयाल रखें...घर से थोड़ी तैयारी भी करके पढ़ाने जाया करें।"

अपने उपदेशों का लबादा उन्हें ओढ़ाते हुए प्रिन्सिपल साहब आत्म-मुग्ध भाव से खिल उठे।

प्रिन्सिपल साहब से फिर उलझना रामलगन जी ने उचित नहीं समझा। अभी नई-नई नौकरी है। नौकरी पक्की हो जाने पर वे भी चौधरी जी और त्रिपाठी जी की तरह सीना तानकर चला करेंगे।

"ठीक है...अच्छा तो मैं चलूँ।" अपनी कलाई पर नजर डालते हुए उन्होंने कहा–"मेरा पीरियड भी थोड़ी देर में शुरू होने वाला है।" और हड़बड़ाकर वे अपनी कुर्सी से उठ पड़े जैसे वे अपना पिंड छुड़ाने की जल्दी में हों।

"हाँ एक बात और पूछना है आपसे..." कहते हुए प्रिन्सिपल साहब ने अपनी आँखे उन पर गड़ा दी। उनका माथा ठनक गया। वे बहुत पशोपेश में पड़ गये। एक तरफ वे इस दम–घोंट माहौल से जल्द-से-जल्द छुटकारा पाना चाहते थे, दूसरी तरफ प्रिन्सिपल साहब को नाराज भी नहीं करना चाहते थे। असहाय से वे धम्म से फिर कुर्सी पर बैठ गये।

"...मास्टर साहब, क्या आप बता सकते हैं कि छात्रों को हड़ताल के लिए उकसाने में किन लोगों का हाथ है?"

"आप तो जानते ही है कि मैं सिर्फ अपने काम से ही मतलब रखता हूँ। मैं क्या बता सकता हूँ आपको इस विषय के बारे में..."

"सो तो ठीक है। लेकिन चर्चा है कि त्रिपाठी जी और चौधरी साहब का भी बहुत बड़ा हाथ था हड़ताल कराने में...आपका क्या खयाल है?"

"इस तरह की कोई भी जानकारी मेरे पास तो नहीं है...फिर किस आधार पर मैं हड़ताल के लिए इन दोनों को जिम्मेदार समझूँ।"

"मेरा मतलब यह नहीं है कि बिना जाने बूझे आप किसी को दोषी ठहरायें। मैंने तो ऐसे ही आपसे पूछ लिया था अपनी जानकारी के लिए।" इस बार एक खलनायकी वक्र दृष्टि उन पर डालते हुए प्रिन्सिपल साहब अपनी कुर्सी पर तन से गये और फिर तेवर बदलते हुए रोबदार आवाज में उन्होंने कहा, "अच्छा। आप जा सकते हैं।"

"कहिए, रामलगन जी, आपने कौन सी सुंघनी प्रिन्सिपल को सुंघा दी है। वह नुस्खा हमें भी जरा बता देते।..." स्टाफ रूम में उनके प्रवेश करते ही शम्भूदयाल जी ने उनकी चुटकी ली।

"अरे साहब, क्या कहने हैं अब रामलगन जी के। पाँचों अँगुलियाँ घी में हैं।" वासुदेव जी ने रिमार्क कसा।

वर्मा जी ने भी कटाक्ष किया, "इसमें हर्ज ही क्या है? आखिर कोई कब तक तटस्थ बना रह सकता है? जिसे अपनी फजीहत कराना हो वह तटस्थता बरते। मैं तो तटस्थता और नपुंसकता में कोई फर्क नहीं समझता। रामलगन जी, आप इन लोगों के कहने पर मत जाइये। मैं तो कहता हूँ कि आपने ठीक ही किया। या तो इधर रहिए या उधर। त्रिशंकु की तरह बीच ही में लटके रहने से क्या फायदा?"

"लेकिन देखिएगा, कहीं जाँच–समिति के सामने जाने पर चौधरी जी और त्रिपाठी जी के खिलाफ बयान मत दे डालिएगा।" हँसते हुए शंभुदयाल जी ने कहा, "नहीं तो ये दोनों बेचारे नप जाएँगे।"

"नहीं राम लगन जी, नहीं, आप इन लोगों के बहकावे में न आवे। हर आदमी पहले अपना स्वार्थ देखता है। और फिर, अभी तो आप प्रोबेशन पर हैं। इसलिए जो भी अपने विवेक से उचित समझिएगा, जाँच-समिति के सामने अपना बयान दे दीजिएगा। आपने क्या कोई ठेका ले रखा है चौधरी जी और त्रिपाठी जी का?"...कहते हुए वर्मा जी भी दबे-दबे मुसकरा पड़े। रामलगन जी ने उनका कोई प्रतिवाद नहीं किया। धीरे से कुर्सी खिसकाकर वे बैठ गये। दोनों हाथों की गदोंलियों से अपना सिर ढकते हुए वे आत्म–मंथन करने लगे। प्रिन्सिपल साहब से मिलने वे खुद नहीं गये थे, वे बोलवाये गये थे। उन्होंने सोचा कि उनकी भ्रान्तियों को निर्मूल सिद्ध करने के लिए वे अपने और प्रिन्सिपल साहब के बीच हुई बातचीत का खुलासा इन लोगों के सामने रख दें। लेकिन उन्होंने फिर सोचा कि इन लोगों का भ्रम यदि मिट भी गया तो इससे उन्हें क्या लाभ मिलेगा।? उल्टे, अगर बात नमक-मिर्च लगाकर प्रिन्सिपल साहब तक पहुँचा दी गई, तो उनका अनर्थ हो सकता है।

"आप लोगों का सोचना सरासर अनुचित है" एक छोटा सा उत्तर देते हुए वे अपनी कुर्सी से उठ पड़े और अलमारी से हाजिरी रजिस्टर निकाल कर काम में लग गए। लेकिन अध्यापकों में बहस बदस्तूर जारी था जिसकी ओर से उन्होंने जान बूझकर अपना ध्यान हटा लिया।

...टन...टन...टन...टन। आखिरी घंटी विद्यालय की बज उठी। यानी चार बज गये। बगल में बस्ता दबाये लड़के भरभराकर अपनी अपनी कक्षाओं से निकल पड़े और शोर मचाते हुए भागने लगे। शोरगुल भरे वातावरण में फिर धीरे-धीरे सन्नाटा छाने लगा। सभी अध्यापक भी एक-एक कर जा चुके थे। सिर्फ रामलगन जी ही रह गये थे स्टाफरूम में। यह उनका रोज का नियम था कि विद्यालय का आखिरी घंटा बजने के पन्द्रह-बीस मिनट के बाद ही वे स्टाफरूम से निकलते। ऐसा वे जानबूझकर करते ताकि वे सबके अन्त में अकेले ही विद्यालय से निकलें।

पन्द्रह-बीस मिनट बीत गए तो वे अपनी कुर्सी से उठ पड़े। किताबों और कापियों के बंडल को हाथ में सम्भाले, वे स्टाफ-रूम से बाहर निकल आये और मेन गेट की ओर बढ़ने लगे। लान के बगल से होते हुए वे मेन गेट की ओर मुड़ने ही वाले थे कि एक जनानी सी महीन आवाज सुनकर वे रुक गये और पीछे मुड़कर देखने लगे।

लाइब्रेरियन नरेन्द्र बाबू उन्हीं को पुकार रहे थे। अपने दायें हाथ की अंगुलियों में चाबियाँ नचाते हुए वे उन्हीं की ओर आ रहे थे। उनके साथ बड़े बाबू कमला प्रसाद भी थे। रामलगन जी रुक कर उन दोनों के आने का इन्तजार करने लगे।

"मास्टर साहब, आप लाइब्रेरी नहीं आये?" पास आते ही नरेन्द्र बाबू ने पूछा।

"क्या कोई जरूरी है कि रोज-रोज लाइब्रेरी जाया जाए?...रामलगन जी ने उखड़कर जबाब दिया। नरेन्द्र बाबू ने महसूस किया कि उनकी बात शायद रामलगन जी को बुरी लग गई। इसलिए उन्होंने बात बदल दिया—"मेरा मतलब है कि इधर आप लगातार लाइब्रेरी आते रहे। इसीलिए सोचा कि आज भी...सच मानिये मास्टर साहब, आप जब लाइब्रेरी में आते हैं तो मुझे बहुत खुशी होती है...विद्यालय में एक आप ही तो हैं, जिन्हें पढ़ने-पढ़ाने का इतना शौक है।"

तभी हाथ में खुरपा लिए सामने से मनराज आता हुआ दिखाई पड़ गया। बड़े बाबू ने आदेशात्मक लहजे में दूर से ही उससे कहा—"जल्दी आओं मनराज। साहब ने तुम्हें बंगले पर बुलाया है। अभी।" फिर रामलगन जी की ओर मुखातिब होकर गम्भीर मुद्रा बनाते हुए कहने लगे—"पता नहीं क्यों, आज प्रिन्सिपल साहब मुझसे पूछ रहे थे कि आपका 'प्रोबेशन' कितने समय के लिए है?" और फिर वे रहस्य भरी दृष्टि से उन्हें देखने लगे।

लेकिन जबाब में रामलगन जी कुछ कहें, इसके पूर्व ही बीच में नरेन्द्र बोल पड़े—"हो सकता है साहब आपसे कुछ नाखुश हों...आप खुद उनसे मिल क्यों नहीं लेते। शायद आप नहीं जानते कि साहब बहुत उदार भी हैं।"

“मेरा भी यही कहना है,” बड़े बाबू ने भी अपनी ओर से जोड़ दिया, “अभी नई-नई नौकरी है। और फिर प्रिन्सिपल साहब भी आपको अपना ही आदमी समझते हैं। फिर भी अगर कोई गलतफहमी सचमुच उनके दिमाग में घुस गई हो तो उनसे मिलकर उसे दूर कर लेना चाहिए।”

रामलगन जी का हृदय किसी अज्ञात आशंका से धड़कने लगा। नरेन्द्र बाबू और बड़े बाबू की हिदायतों को सुनकर आश्चर्य करने के बजाय वे चिन्तित हो उठे। प्रिन्सिपल साहब का कहा एक-एक शब्द उनके दिमाग में चक्कर काटने लगा। कुछ-कुछ उनकी समझ में आने लगा कि उनके 'प्रोबेशन' की अवधि बढ़ा देने के बहाने वे चौधरी जी और त्रिपाठी जी के खिलाफ झूठा बयान देने के लिए उन पर मनौवैज्ञानिक दबाव डालना चाहते हैं।...फिर वासुदेव जी, शंभुदयाल जी, वर्मा जी की फब्तियां भी आलपीन की तरह उन्हें चुभने लगीं। ये लोग तो यही समझते हैं कि अपने स्वार्थ के लिए उन्होंने प्रिन्सिपल साहब को पटिया लिया है। अपने ही सहयोगियों के बीच गलतफहमियों का शिकार होना उन्हें और भी सालने लगा। लेकिन परिणाम चाहे जो भी हो उन्हें कोई परवाह नहीं। पर झूठा बयान देकर खुद को धोखा देना उन्हें कतई गवारा नहीं।

“प्रिन्सिपल साहब से मिलने मुझे नहीं जाना है। यह मेरा अन्तिम फैसला है। अपनी नौकरी बचाने के लिए मैं झूठा बयान कदापि नहीं दे सकता।” उन्होंने दो टूक शब्दों में बड़े बाबू से कहा।

उनकी आँखों में चमक थी और पैरों में गति।

लम्बे डग भरते हुए उन्होंने मेन गेट पार किया और फिर सड़क पर आ गए...

9

बेबस

अपनी मेज पर बिखरी फाइलों को रावत ने समेटा फिर कुर्सी को धीरे से पीछे खिसकाता हुआ वह उठ पड़ा। सिर घुमाकर उसने दाईं ओर दृष्टिपात किया। सेक्शन आफिसर फाइलों में उलझे हुए थे। उसके मन में आया कि उनसे पूछकर बाहर निकले क्योंकि लौटने में उसे विलम्ब हो सकता है। लेकिन उन्होंने अगर उसे इजाजत नहीं दी या फिर घंटे भर बाद जाने के लिए कह दिया तो?...उसकी समझ में नहीं आया कि वह क्या करे। कोआपरेटिव बैंक देर से पहुँचने का रिस्क वह नहीं लेना चाहता था। तभी उसकी निगाह सेक्शन की दीवार घड़ी पर पड़ी। एक बजने जा रहा था और बैंक वाले दो बजे के बाद पेमेन्ट नहीं करते। उसे बैंक पहुँचने में देर हो गई तो उसके साथ बड़ा अनर्थ हो जाएगा।

कल ही उसे इलाहाबाद जाना है अपनी साली की शादी में। शीला चाहती है कि शादी के सिलसिले में थोड़ी जरूरी खरीदारी वह आज ही कर ले। सेक्शन आफिसर से पूछकर जाना उसे निरापद नहीं लगा। अंजाम जो भी होगा वह बाद में भुगत लेगा।

दबे पाँव सेक्शन से बाहर निकलकर वह गैलरी में आ गया। सिगरेट सुलगाकर उसने एक लम्बा कश लिया। उसके धँसे गाल और धँस गये। फिर लम्बे-लम्बे डग भरता हुआ वह गैलरी पार करने लगा।

जीने के नीचे वह उतरने लगा तो पाठक ने पीछे से आवाज दी, ''कहाँ भागे जा रहे हो, रावत?'' फिर पाठक भी उसके साथ-साथ सीढ़ियाँ उतरने लगा।

''यहीं, कोआपरेटिव बैंक। एक लोन का पेमेन्ट लेना है।'' उसने सहज भाव से बताया। पाठक की नियुक्ति उसके साथ ही हुई थी। लेकिन वह स्टोर्स सेक्शन में पोस्ट कर दिया गया और उसे बजट सेक्शन में। नीचे उतर कर दोनों लान के किनारे-किनारे चलने लगे।

ऊपर सूरज चमक रहा था। मई की भीषण गर्मी असह्य हो रही थी। रावत मन ही मन सोच रहा था कि अगर पेमेन्ट लेने की मजबूरी नहीं होती तो इस खड़ी दोपहरी में वह सेक्शन के बाहर निकलने का दुस्साहस नहीं करता।

''लोन किसलिए ले रहे हो?'' सहज जिज्ञासावश पाठक ने फिर पूछा।

उसने सोचा कि बिना किसी लाग-लपेट के वह सच-सच बता दे कि उसके ससुराल में साली की शादी होने जा रही है। उसी सिलसिले में यह लोन उसे लेना पड़ रहा है। सच-सच बता देने में संकोच क्यों? सेक्शन के और लोग भी किसी-न-किसी जरूरत पर ही लोन लेते हैं। इसमें बुराई क्या है? लेकिन फिर वह सोचने लगा कि सच-सच बताना उसके लिए हानिकारक भी हो सकता है। उसकी खिल्ली उड़ाने के लिए पाठक को एक अच्छा मसाला मिल सकता है।

''घर के काम के लिए'' उसने एक टालू जवाब दिया।

''कितना ले रहे हो, लोन?''

''यही दो-ढाई हजार''

''इतने रूपये लोन लेकर क्या करोगे?'' पाठक ने चौंक कर फिर पूछा।

उसने कोई जबाब नहीं दिया। सिर्फ होठों से मुस्करा कर वह चुप हो गया क्योंकि पाठक के सवालों के कटघरे में खड़ा होने से वह बचना चाहता था।

पाठक ने ही फिर उसे चेतावनी देते हुए कहा, ''बच्चू लोन लेते समय तो अच्छा लगता है, लेकिन जब इसकी रिकवरी शुरू होगी तब पता चलेगा।''

लान को पार कर दोनों अगले मोड़ तक पहुँच चुके थे। कोआपरेटिव बैंक को जाने वाली सड़क की ओर वह मुड़ने लगा तो पाठक ने प्रस्ताव किया, ''आओ, कैन्टीन में चाय पीकर जाना।''

''अभी रहने दो...जरा मैं जल्दी में हूँ...और गर्मी भी अधिक है।''

पाठक ने फिर जोर नहीं दिया। आडिट आफिस पार करता हुआ वह जल्दी-जल्दी कदम बढ़ाने लगा। पाठक की चेतावनी रह-रह कर उसे हान्ट करने लगी। लोन की रिकवरी शुरू होने पर सचमुच वह बड़ी परेशानी में पड़ जाएगा। कम-से-कम डेढ़-दो सौ रुपये की रिकवरी हर महीने में होगी ही। यों ही वेतन के तीन हजार रुपयों से उसके घर का खर्चा बहुत ही खीच-तान कर चल पाता है। महीने का अन्त आते-आते उसे विवश होकर दो-ढाई सौ रुपये दूसरों से उधार लेना ही पड़ जाता है। फिर रिकवरी शुरू होने लगी तब क्या होगा? उस पर से सुरसा सी बढ़ती महगाँई की मार। हर छः महीने पर अगर सौ-डेढ़ सौ रुपये मंहगाई भत्ता बढ़ता भी है तो सभी चीजों के दाम एक साथ बढ़ जाते हैं। जितना

मंहगाई भत्ता सरकार बढ़ाती है, उसका तिगुना-चौगुना वसूल कर लेती है। ऐसे बढ़ोत्तरी से बाज आए। हालाँकि अपने घरेलू खर्चों में उसने काफी कटौतियाँ भी कर दी हैं। खुले मार्केट में चीनी महँगी होने के कारण, महीने में पन्द्रह दिन वह गुड़ की चाय पीता है। देशी घी का तो उसे तरसना ही रह गया है। डालडा घी भी नाम मात्र के लिए वह लेता है—बस आधा किलो। कड़ू का तेल डेढ़ किलो, दूध आधा किलो जिसमें एक-एक कप दीपक और अर्चना को और बाकी चाय में खत्म हो जाता है। नौबत तो अब यहाँ तक आ गई है कि घर वालों को वह रोज एक वक्त उपवास पर रखे। कटौतियाँ...कटौतियाँ...कटौतियाँ...उसे लगा कटौतियाँ का अटूट सिलसिला उसे ले डूबेगा...व्यर्थ में ही वह लोन-वोन के चक्कर में पड़ गया। उसने सोचा कि शीला से कोई बहाना बना देगा कि लोन मिलने में विलम्ब होने की सम्भावना है। गाड़ी के किराये भर के लिए तीन-चार सौ रुपये का प्रबन्ध वह कहीं से कर दे। शादी में वह सम्मिलित हो जाय, यही क्या कम है? नवेद के रूप में रुपये और प्रेजेन्ट देने की क्या जरुरत? यह सब सिर्फ दिखाने के लिए हैं। इन्हीं खोखले रिवाजों से हमारा समाज और भी जर्जर होता जा रहा है। लेकिन वह जानता है कि उसकी हिदायत सुनकर शीला उल्टे रौद्र रूप धारण कर लेगी। शुरू कर देगी उसे खरी-खोटी सुनाना। असन्तोष के सम्पूर्ण कड़ुवाहट को एक क्षण में उड़ेल देगी। एक निकम्मे पति का ताना देकर उसे कोसने-धिक्कारने लगेगी। मायके खाली ही जाना और वह भी अपनी बहन की शादी के अवसर पर, वह अपना घोर अपमान समझेगी।

बैंक के कैम्पस में प्रवेश करते हुए उसने सोचा कि पहले वह बनवारी बाबू से मिलता चले। उसके लोन की अर्जी को उन्होंने ही डील किया था। काफी रुचि भी उन्होंने दिखलाई थी उसके केस में। इसके लिए वह हृदय से उनका आभारी है। दूसरे उसने यह भी सोचा कि उनसे मिलने के बहाने अपने लोन के पेमेन्ट के बारे में भी वह जानकारी कर लेगा। यह भी हो सकता है कि उनकी वजह से उसके लोन का पेमेन्ट और जल्दी हो जाय।

उसे इतमीनान हुआ यह देखकर कि बनवारी बाबू अपनी सीट पर विराजमान थे और मजदूर युनियन के नेता नन्दलाल से वार्तालाप कर रहे थे। खम्भे की आड़ में वह ठिठक गया और नन्दलाल के जाने का इन्तजार करने लगा। उनके सामने की कुर्सी पर बैठा नन्दलाल बनवारी बाबू से कह रहा था—''देखो भाई, यह हमारे बहुत ही खास आदमी का काम है। हर हालत में कल तक यह काम हो जाना चाहिए।''

"आप निश्चित रहें, नेताजी। भला आपका काम न हो।"

बनवारी बाबू ने नन्दलाल को आश्वासन देते हुए कहा "और हाँ, कैन्टीन के कोटे से जरा बीस किलो चीनी का इन्तजाम करां दें। हमारे सेक्रेटरी साहब के यहाँ ज़रूरत पड़ गई है।"

"यह चुटकियों का काम है...।"

"साहब का काम न होता, तो आपसे मैं न कहता", बनवारी बाबू अपनी ओर से सफाई देने लगे।

"तो मैं चलूँ...अभी इन्टरवल में वर्कशाप गेट पर मँहगाई के विरोध में आन्दोलन करने के लिए मजदूर युनियन की एक आम सभा होने वाली है।"

नन्दलाल कुर्सी से उठा। कुर्ता, पाजामा ठीक कर चलने लगा।

"और कोई हुक्म?"

उत्तर में बनवारी बाबू दोनों हाथ जोड़ खड़े हो गए। एक अभ्यस्त अन्दाज में अपना दायाँ हाथ अभिवादन के जबाब में हिलाता हुआ नन्दलाल फाटक की ओर बढ़ने लगा।

नन्दलाल के जाने के बाद वह बनवारी बाबू को लम्बी सलामी मारता हुआ आया और उनकी मेज के पास चुपचाप खड़ा हो गया। अभिवादन के जवाब में उन्होंने भी हल्के से सिर हिला दिया और फिर फाइल के पन्ने उलट-पुलट करने लगे। पर उसे उनकी भंगिमा यकायक बदली हुई लगी। अभी-अभी नन्दलाल से बतियाते समय विनम्रता और शालीनता की जो झलक उनके चेहरे पर दिखी थी वह अचानक गायब हो गई और उसके स्थान पर एक कृत्रिम गंभीरता उनके चेहरे पर चस्पा हो गई। फिर थोड़ी देर बाद रावत बाबू की ओर मुखतिब होकर कहा, "अरे भाई ऐसा है कि..." बीच में रुककर वे फिर अपनी कलम से कान खुजलाने लगे। फिर विनम्र भाव से कहा "...अफसोस है, आज आपका पेमेन्ट नहीं हो पाएगा।"

हतप्रभ सा वह एक क्षण फटी-फटी आँखों से उन्हें देखता रहा। उसे बिल्कुल यकीन नहीं हो रहा था। उसके दिमाग में आया कि शायद बनवारी बाबू उसके साथ मजाक कर रहे हैं।

"लेकिन आपने ही तो पेमेन्ट के लिए मुझे आज बुलाया था।" खीसें निपोरते हुए उसने प्रतिवाद किया।

बनवारी बाबू की बरौनियां चढ़ आई। लेकिन एक कुटिल राजनेता की तरह दूसरे ही क्षण वे सँभल गये, "बड़ी मजबूरी आ गई है। खजाने में रुपये हैं ही

नहीं...और फिर अकेले आपके ही पेमेन्ट की बात होती तो कोई तरकीब निकाली जाती...इसके अलावा साहब भी बाहर गए हुए हैं... ।''

एक घुटन भरा नीम अँधेरा उसकी आँखों के सामने छा गया। उसकी चेतना सुन्न होने लगी। बनवारी बाबू पर यकीन करने का उसका भ्रम टूट चुका था। एक वृत्त जैसा शून्य उसकी आँखों के सामने फैल गया। उसे कल ही जाना भी है। इस अहसास से वह और भी अधीर हो उठा। शीला की फटकार की कल्पना से उसका मानसिक तनाव और भी बढ़ गया। जब उसे कोई उपाय नहीं सूझा तो उसने एक बार फिर खुशामदी लहजे में बनवारी बाबू से कहा, ''जरा आप ही कोई जुगाड़ कीजिए न।'' आदमी चाहे कितना ही निकृष्ट क्यों न हो, मनुष्यता का थोड़ा सा अंश उसमें अवश्य बचा रह जाता है। बनवारी बाबू में उसी बची हुई मनुष्यता को टटोलने की कोशिश उसने की। लेकिन बनवारी बाबू भी पूरे घाघ थे। रावत के अनुनय-विनय का कोई असर उन पर नहीं पड़ा। बल्कि उल्टे ही एक कुशल अभिनेता की तरह वे अलफ होने का नाटक करने लगे, ''आप तो ऐसी बातें कर रहे हैं, जैसे खजाना मेरे घर का है।''

''अच्छा कल तो हो जाएगा न?'' बहुत हिम्मत बटोर कर उसने विनम्र भाव से फिर पूछा और फिर एक कातर दृष्टि से बनवारी बाबू की आँखों में झाँकने लगा क्योंकि उसने सोचा था कि कल भी अगर पेमेन्ट हो जाता है तो कोई बात नहीं। जरूरी सामान एक-दो घण्टे में वह खरीद ही लेगा।

''बिल्कुल नामुमकिन है।'' बनवारी बाबू ने उसी क्रुद्ध मुद्रा में कहा और फिर फाईल के पन्ने पढ़ने का उपक्रम करने लगे।

बनवारी बाबू की यह बेरुखी उसे बेहद खलने लगी।

शीला की फटकार का ख्याल न होता तो इस साले की खुशामद ही वह क्यों करता। अक्सर जो हम नहीं करना चाहते उसे ही करने के लिए बाध्य हो जाते हैं और जो हमारे पूरे वजूद को बेमानी और हास्यास्पद बना जाता है। बनवारी बाबू से फिर कुछ पूछताछ करना व्यर्थ समझ कर वह बाहर निकल आया। बैंक का कैम्पस पार करता हुआ वह मेन रोड पर आ गया। मन ही मन बनवारी बाबू के प्रति गुस्से से वह उबलने लगा। कैन्टीन में दो-तीन बार उसे ले जाकर उसकी आवभगत भी उसने की थी। नमकहराम...मादर...उसने भी गलती की। उसे भी मजदूर युनियन के किसी नेता के मार्फत उसके पास जाना चाहिए था...शीला के सामने अब कौन सा बहाना वह बनाएगा... ।

उसके कई परिचित साथी उसे नमस्ते कहते हुए उसके अगल-बगल से गुजर

गए। लेकिन उसे कुछ भी होश नहीं रहा। सनकियों की तरह खोया-खोया और बेखबर वह ढीले-ढीले कदमों से चल रहा था। सी. ओ. एस. गेट के आगे जाकर वह अचानक ठिठक गया और स्वचालित सा कोआपरेटिव बैंक की ओर वह लौट पड़ा। उसने सोचा कि एक कोशिश वह और कर ले। इस बार अपनी पूरी परिस्थति से बनवारी बाबू को वह अवगत करा दे। तभी उसे अपने सेक्शन के सक्सेना की बात याद हो आई कि आज का जमाना ही रिश्वत का है। इसके बिना कोई सुनने वाला नहीं है।

बनवारी बाबू अभी भी अपनी सीट पर बैठे काम में व्यस्त थे। उसने राहत की सांस ली। अपनी कोहनियों के बल वह उनकी मेज पर झुक आया। बनवारी बाबू ने निगाह उठाकर देखा तो वह गिड़गिड़ाने लगा–"सौ-पचास खर्च भी करना पड़े तो मैं तैयार...मुझे..." वह बीच ही में अटक गया। अपने को इतना बेबस उसने कभी भी महसूस नहीं किया था। उसकी बेचारगी बेपर्दा होकर उसके चेहरे पर झूलने लगी।

बनवारी बाबू मन ही मन प्रसन्न हो गए। क्रोध और रूखाई का उनका तेवर फिर एक बारगी बदल गया। एक सधी मुस्कान से उन्होंने उसका स्वागत किया, "आप काफी परेशान लग रहे हैं–आप यहीं बैठिये... अभी देखता हूँ..." और वे तुरन्त अपनी सीट से उठ पड़े।

बेजान सा वहीं कुर्सी में वह ढुलक गया। आँखें उसकी अनायास ही ढंप गईं। उसे लगा जैसे कई कीलें उसके शरीर में एक साथ घोंप दी गई हों, जिससे लहूलुहान होकर वह अचेत होता जा रहा है...।

10

वापसी

नीचे ड्राइंग रूम में आकर उसने राड जला दी। दरवाजे को खोल दिया और गुमसुम सोफे में गड़ गया। उसकी फैली-फैली आँखे कमरे की दीवारों पर फिसलने लगीं। उसकी समझ में कुछ नहीं आया तो उसने सोचने की लगाम ढीली कर दी। जो हो चुका उसके गड़े मुर्दे उखाड़ना उसे निरर्थक सा लगा। लेकिन लाख कोशिश करने के बावजूद वह अपने तर्क-जाल में उलझता गया। उसने महसूस किया कि अपनी मनस्थिति से अपने को अलग करने की चेष्टा सिर्फ एक भ्रम था। उसने ठीक किया या गलत यह उसके सामने एक प्रश्न-चिन्ह बनकर खड़ा हो गया। विषाद की सलवटें उसके मस्तक पर खिंच आई।

उसके बड़े भाई कचहरी से वापस आ चुके थे। कपड़े बदलकर वे भी ड्राइंग रूम में आ गये और आराम करने के लिए आराम कुर्सी पर टाँगें फैलाकर बैठ गये। उन्हें यह भाँपते देर नहीं लगी कि वह कुछ चिन्तित और उदास है। उसकी इस मनस्थिति का कारण उन्हें घर में ही मालूम हो चुका था। लेकिन वे काफी थके हुए थे। इसलिए सुस्ताने के लिए वे खामोश बैठे रहे।

उसने सोचा कि वह भाई साहब से भी कुछ राय-मशवरा कर ले। उसने पूछा—"अच्छा, भइया। एक बात बता सकते हैं कि क्या सरकार हड़तालियों को सचमुच नौकरी से निकाल देगी?"

जम्हाई लेते हुए भाई साहब ने कहा—"आर्डिनेन्स के अनुसार निकाल तो सकती है" फिर जैसे वे सचेत हो गए, "लेकिन तुम हो बेवकूफ़। जो किया सो किया। उस पर अब अफसोस करने की क्या जरूरत! तुम्हारे खिलाफ अगर कुछ होगा भी तो मैं देख लूँगा।"

बड़े भाई के हिम्मत बँधाने से उसे कुछ राहत मिली। लेकिन वह भाई साहब

को यह स्पष्ट कर देना चाहता था कि उसे अपने किये पर पछतावा नहीं है। वह तो महज अपने मन की शंका को दूर करना चाहता था। लेकिन वह संकोचवश यह नहीं कह सका। फिर वह चुप हो गया और विचारों में डूब गया। तभी रामानन्द ने आकर उसकी विचार तन्द्रा को तोड़ दिया। ड्रांइगरूम में पैर रखते ही वह पूछ पड़ा, ''अजी महेश! तुम आज क्यों दफ्तर नहीं गये? वहाँ तुम्हारी बड़ी खोज हो रही थी।'' उसे रामानन्द का प्रश्न बड़ा बेतुका सा लगा। उसने तुरन्त टोका, ''तुम तो कह रहे थे कि हड़ताल में जरूर भाग लोगे। बल्कि कल तक तो तुम बड़े जोश में भी थे।''

रामानन्द ने अपनी सफाई दी, ''ऐसी बात नहीं है। करीब दो बजे तक मैं भी दफ्तर के कम्पाउण्ड के बाहर इधर-उधर चक्कर लगाता रहा। लेकिन अब मैंने देखा कि लोग धीरे-धीरे अन्दर जाने लगे तो फिर मैंने भी वही किया।''

लेकिन उसे लगा कि रामानन्द कुछ खिसियाया हुआ है। अपनी कायरता को छिपाने के लिए वह सरासर झूठ बोल रहा है। वह फिर आवेश में आ गया, ''लेकिन मैं तुम्हारी तरह कायर नहीं हूँ कि रह-रह कर अपना निर्णय बदलता रहूँ। मैं तो दफ्तर गया ही नहीं। दिनभर घर में ही लेटा रहा।''

अपमानित सा रामानन्द झुंझला पड़ा, ''ठीक है। मैं कायर ही सही। जब बड़े-बड़े रहनुमा क्षण-क्षण में अपना निर्णय बदलते रहते हैं तो मेरी क्या बिसात?''

''कितनी उपस्थिति थी दफ्तर में?'' उसने वातावरण को तिक्त होने से बचाना चाहा।

''तीन चौथाई से भी अधिक। कितनों ने तो पाँच बजे के बाद अपनी हाजिरी बनाई।'' अनमना सा रामानन्द ने बताया। उसकी झुंझलाहट कम होने लगी। उसी ने फिर बताया, ''लाइन स्टाफ और वर्कशाप वालों के साथ तो पुलिस वालों ने बहुत ज्यादती की...''

तभी उसके बड़े भाई जो अब तक मौन श्रोता थे। बोल पड़े, ''मैं तो यह कहूँगा कि अनिश्चित काल के लिए हड़ताल करने का तुम लोगों का यह निर्णय ही गलत था।''

फिर उसकी ओर मुखरित होकर वे बढ़ने लगे, ''तुमने गलत काम तो किया ही। जोश सबमें होता है। लेकिन जोश में कोई गंभीर निर्णय नहीं लेना चाहिए। इसके अलावा कम-से-कम मुझसे तो राय कर लेंते।''

वह निरुत्तर सा सर झुकाये बैठा रहा। उन्होंने ही फिर कहा, ''यह हड़ताल चलने वाली नहीं है। मेरी बात मानो तो कल आकर दफ्तर ज्वाइन कर लो।

जमाना बड़ा खराब आ गया है। लिखित माँफी भी अगर माँगनी पड़े तो माँग लेने में कोई हर्ज नहीं है।''

रामानन्द को शह मिल गई, ''मेरी भी यही राय है, वकील साहब, सर्विस तो ब्रेक हो ही जाएगी, लेकिन नौकरी तो बच जाएँगी।''

वह निरुत्तर था। बल्कि उसे लगा कि उसकी जबान ही काट ली गई है। वह मन ही मन सोचने लगा कि क्या उसने हड़ताल में भाग लेकर सचमुच भूल की है। बहुमत तो हड़ताल के पक्ष में था। इसलिए उसने भी मजदूर यूनियन का एक निष्ठावान सदस्य होने के नाते बहुमत के निर्णय का पालन किया। ऐसा न करता तो उसकी गद्दारी होती। लेकिन फिर बहुमत ने हड़ताल में हिस्सा नहीं लिया। इसलिए अब वह गलत हो गया। क्या वास्तव में गलत-सही का निर्णय बहुमत है?

जो भी हो, अब तो वह बहुत बुरा फँसा। उसे क्या पता था कि सभी कर्मचारी पीठ दिखा देंगे। साले, चले थे हड़ताल करने...हड़ताल करने के लिए मत माँगा जाएगा तो मारे जोश में हड़ताल के पक्ष में एक नहीं दानों हाथ उठा देंगे और मौका पड़ने पर भाग खड़े होंगे...उल्टे तोहमत भी यूनियन वालों के मत्थे मढ़ देंगे। कहेंगे कि यूनियन वाले कुछ करते-धरते नहीं...बेइमान हैं...चन्दे की रकम उड़ाते रहते हैं...अब उन्हें चन्दा-वन्दा नहीं दिया जाएगा...

इन मुट्ठी भर हड़तालियों के खिलाफ सरकार कोई भी कार्यवाही कर सकती है। इस खयाल से उसके अन्दर एक दहशत पैदा हो गई। उसने देखा उसके सामने रामानन्द निश्चिन्त सा बैठा था। यह उसे और भी खलने लगा। शायद रामानन्द यह सोचकर राहत महसूस कर रहा है कि वह बालोबाल बच निकला। कहीं पुलिस वाले हड़तालियों को उनके घर से न पकड़ ले जाएँ। बाहर सड़क से जो भी आता-जाता गुजरता उसे वह गुप्तचर ही लगता। और अगर कहीं वह राहगीर उसकी बैठक की ओर देखता जाता तो उसका जी धक से करने लगता। उसने सोचा कि उसका भी नाम गुप्तचर विभाग तक जरूर पहुँच गया होगा...उसके दिल की धड़कने तेज होने लगीं। बैठक में अब और बैठे रहना उसके लिए मुश्किल लगने लगा। काँपती आवाज में उसने बड़े भाई और रामानन्द से कहा, '' चलिए ऊपर बैठा जाय। यहाँ बैठना ठीक नहीं है।'' उसकी घबड़ाहट को भाँपकर वे लोग उठ पड़े। रामानन्द फिर अपने घर चला गया।

ऊपर जाते हुए उसने भाभी, पत्नी और बच्चों को सख्त हिदायत दी कि कोई भी उसे पूछने आवे तो वे बता दें कि वह घर में नहीं है। वे कहीं घूमने गये हैं। बच्चों को तो उसने यहाँ तक चेतावनी दे दी कि यदि किसी ने भी बता दिया

कि वह घर में है तो वह उसकी खाल खीच लेगा। तभी बाहर से दौड़ती हुई बेबी आई। उसने अपनी फर्माइश रख दी, "पापा, हमारे लिए सुलेख की कापी आज ला दीजिएगा।" उसने तुरन्त उसे डाँट दिया, "चुप रहो। तुम्हें कापी की ही सूझी है।"

रात भर वह जागता रहा। बेचैनी में चारपाई पर वह रह-रह कर करवटें बदलता रहा। वह मन ही मन सोचने लगा कि रात किसी तरह सकुशल बीत जाती। कल वह दफ्तर जाकर साहब से लिखित माफी माँग लेगा। लेकिन कल की प्रतीक्षा में एक-एक पल उसे पहाड़ सा लगने लगा। जैसे समय की गति रुक गई हो। मोटर-जीप की घरघराहट, पदचापों की धबधबाहट और दस्तकों की खटखटाहट उसके कानों में पड़ते ही उसका दिल धक-धक करने लगता। रोंगटे उसके खड़े हो जाते। कभी उसे लगता अभी पुलिस उसके घर में घुसकर उसे पकड़ ले जाएगी। फिर उसे जेल में ठूस देगी, फिर उस पर डण्डों की मार पड़ेगी...फिर वह अपने को धिक्कारने लगा...नौकरी से निकाल दिये जाने की आशंका उसे बुरी तरह सताने लगी। फिर बीवी-बच्चों के प्रति दायित्वबोध की यातना उसके अन्दर उमड़ने लगी। उसने फिर एक करवट बदली। उसे लगा कि उन लोगों ने बुद्धिमानी की जो हड़ताल से भाग खड़े हुए।

सोचते-सोचते उसे झपकी आ गई।

वह देखता है कि युनिवर्सिटी एरिया के आस-पास पुलिस और पी. ए. सी. गश्त लगा रही है। वायरलेस, ट्रांसमीटरों से लैस मोटरगाड़ियाँ दौड़ रही हैं। पूरे वातावरण में किसी भयानक दुर्घटना के पूर्व का सन्नाटा छाया हुआ है। एक अजीब सा खौफ उन सबके अन्दर समाया हुआ है। लेकिन उनका जोश उनके खौफ के असर को दबा देता है। उन्होंने कई-कई जत्थे बना लिए हैं और जहाँ-तहाँ खास-खास मुकामों पर तैनात हो गये हैं जहाँ से कर्मचारियों को दफ्तर जाने से रोका जा सके। वह भी हड़तालियों के एक जत्थे में शामिल हो गया है। जो भी कर्मचारी उधर से आते उन्हें रोक लिया जाता। फिर वे भी उसी जत्थे में शामिल हो जाते। एक कर्मचारी साईकिल पर सवार चला आ रहा है। चेहरा उसका पहचाना सा लग रहा है। दूर से ही उसके जत्थे के लोगों ने एक साथ आवाजें लगाईं...साहब, रुक जाइये। लेकिन उस कर्मचारी पर उनकी प्रार्थना का कोई असर नहीं पड़ता। वे लोग फिर करबद्ध होकर उससे कहते हैं, "हमारे भी बीवी-बच्चे हैं।" फिर भी उस पर कोई असर नहीं पड़ता है। उल्टे ही वह साइकिल की रफ्तार और तेज करने लगता है। उसके जत्थे के लोग फिर उस पर एक साथ उबल पड़ते हैं, "रोको साले को" और उसे पकड़ने के लिए कई लोग एक साथ

दौड़ पड़ते हैं। उसके पास पहुँचकर उनमें से एक आगे से उसकी साइकिल पकड़ लेता है, दूसरा एक हाथ उसके गालों पर जड़ देता है...''कमीने।'' फिर एक हाथ वह भी जड़ देता है...''गद्दार।'' गश्त लगाती पुलिस उन्हें देख लेती है। वे दौड़ते हुए आने लगते हैं जिससे उसके जत्थे के अधिकांश लोग भाग खड़े होते हैं। लेकिन वह डटा रहता है अपने दो-तीन साथियों के साथ। वह पूरे जोश में है। पुलिस वाले पास पहुँचते ही उसके साथियों पर लाठियाँ बरसाने लगते हैं। उसका जोश फिर ठण्डा पड़ने लगता है। वह सोचने लगता है कि कहाँ से वह इस बवाल में आ फँसा। चुपके से वह फूट लेना चाहता है। तभी अप्रत्याशित रूप से पुलिस की लाठी के प्रहार से उसके एक साथी का सिर फट जाता है। पुलिस के इस अत्याचार को देखकर उसका खून खौलने लगता है। यन्त्र-चालित सा वह लौट पड़ता है...और भागते हुए साथियों को डटे रहने के लिए वह ललकारने लगता है...

उसकी आँखें खुल गई। उसने हलकापन अनुभव किया। खिड़की से झांककर देखा। बाहर दूर-दूर तक चाँदनी फैली हुई थी।

11

सपने का सच

रविवार का दिन होने के कारण श्रीकान्त को सुबह उठने की जल्दी नहीं थी। इतमीनान से वह चद्दर तानकर देर तक सोता रहा। फिर कई खट्टे-मीठे सपने भी उसे आते रहे। सपने में उसे दिखाई पड़ा कि वह अपने दफ्तर पहुँच गया है। और अपनी सीट पर बैठकर फाइलें निबटाने में जुट गया है। तभी वह देखता है कि उसके आफिस के कर्मचारी संघ का सेक्रेटरी विनायक उसके पास आकर उससे शिकायत करता है कि अभी तक उसने कर्मचारी संघ की सदस्यता नहीं ली। इस पर वह तत्काल उससे उलझ पड़ता है—क्या मिलेगा उसे कर्मचारी संघ की सदस्यता से। और फिर उसे दफ्तर और घर के कामों से इतनी फुर्सत ही नहीं मिल पाती कि वह इन फालतू कामों में हिस्सा ले सके। इस पर नाराज होने के बजाय विनायक उसे समझाता है कि कर्मचारी संघ का सदस्य बनना कोई फालतू काम नहीं है, बल्कि स्वयं उसी के हित के लिए आवश्यक है क्योंकि संघ कर्मचारियों की माँगों और हितों के लिए लड़ता है। संघ में एक ताकत होती है और यह ताकत कर्मचारियों की एकजुटता से पैदा होती है। कर्मचारी अगर एकजुट नहीं रहेंगे तो उनके अधिकारी हमेशा उनका उत्पीड़न करते रहेंगे। लेकिन विनायक के समझाने-बुझाने का उस पर कोई प्रभाव नही पड़ता है। फिर कब विनायक दृश्यपटल से गायब हो जाता है उसे यह पता ही नहीं चला। फिर वह देखता है कि किसी ऊँचाई पर उसके पाँव फिसल जाने से वह नीचे की ओर गिरने लगा है—बहुत नीचे और बहुत नीचे वह गिरता जा रहा है। लगा बस एक क्षण में उसका प्राणान्त। उसका जी धक-धक करने लगता है। तभी उसकी पत्नी रमा ने उसे झकझोरते हुए जगाया। आँखों को मीचते हुए हड़बड़ाकर वह उठ बैठा। उसने देखा रमा उसके सामने खड़ी है। उसने राहत की सांस ली। रमा उसे हिदायत दे रही थी—कब तक सोते रहिएगा? उठिए जल्दी। हाथ मुँह धोकर चाय

पी लीजिए। आपको ही आज राशन की दुकान से चावल लेने जाना है क्योंकि महरिन का लड़का बीमार पड़ गया है।

उसकी आँखों से नींद जा चुकी थी। सपनों का खयाल भी अब तक ओझल हो चुका था। अब वह पूरे होश में था। लेकिन रमा पर रोब लेने की गरज से पूछा—क्या किसी और दिन चावल नहीं आ सकता, जब महरिन का लड़का ठीक-ठाक हो जाए। इस पर खुनसाते हुए रमा कहने लगी...बाद में जाने पर चावल खत्म हो गया तो?...फिर तो बाज़ार से ही महँगा चावल खरीदना पड़ेगा। तब घर का खर्चा न चलने का इल्जाम मेरे मत्थे मत मढ़ दीजिएगा।

''ठीक है। ठीक है। तुम्हारे मत्थे मैं नहीं मढूंगा। राशन की दुकान से चावल खत्म हो गया तो तुम बाजार से चावल मँगा लेना।'' बुदबुदाते हुए वह फिर चारपाई पर पसर गया—आफिस में छः दिन की माथापच्ची के बाद बस यही एक दिन आराम करने को मिलता है। वह भी मयस्सर नहीं...। रमा फिर विफर पड़ी—बिना हाथ हिलाए अगर कौर आपके मुँह में जा सकता है तो जी भर कर आराम कर लीजिए। मुझे कोई एतराज नहीं।

''बन्द करो बक-बक'' वह झल्ला पड़ा ''राशनकार्ड और झोला लाकर रख दो।'' गुस्से से चूर वह उठ बैठा। फिर हाथ-मुँह धोने के लिए वह चारपाई से उतर पड़ा।

दायें हाथ में झोला और बाँये हाथ में राशनकार्ड थामे श्रीकान्त घर से बाहर निकला तो सामने गफूर मियाँ दिखाई पड़ गए। घोड़े को इक्के में नाधते हुए वे बड़बड़ाए जा रहे थे—साला चौधरी बिलेक में अनाज बेच-बेचकर मोटा होता जा रहा है और एक हम है कि दाने-दाने के लिए मुहताज होते जा रहे हैं। यह सरासर अन्धेर और बेइन्साफी नहीं तो और क्या है? लेकिन है किसी में हिम्मत उसके खिलाफ अवाज उठाने की? फिर अपनी बेटी सलमा को आवाज लगाते हुए कहा कि वह खूंटी पर टंगे उसकी बनियाईन की जेब से चार रुपये निकालकर सिन्धी की दुकान से आटा और दाल लेता आवे। गफूर मियाँ का छोटा सा कुनबा उसके घर के सामने ही काजी जी के मकान में एक छोटी से कोठरी में गुजारा करता है। कमाई के लिए अपने इक्के को लेकर वे सुबह ही निकल पड़ते हैं तो फिर शाम को ही घर लौटते हैं। श्रीकान्त को अच्छा नहीं लगा गफूर मियाँ का इस तरह बड़बड़ाना। उसे लगा कि गफूर मियाँ की आदत ही है पागलों की तरह अनर्गल कुछ न कुछ बकते रहना। इसलिए उनकी बक-बक को उसने गम्भीरता से नहीं लिया और बरामदे से नीचे उतरकर वह राशन की दुकान की ओर बाँए मुड़ गया।

लाइन में खड़े-खड़े श्रीकान्त का पैर दुखने लगा। तब उसे महसूस होने लगा कि यहाँ आकर झूठ-मूठ उसने अपने सिर पर एक जहमत मोल ले ली। आखिरकार वह लाइन लगाए इस तरह कब तक खड़ा रहेगा। जितनी लम्बी कतार दिख रही है उस हिसाब से अभी काफी देर बाद उसका नम्बर आएगा। तब तक तो उसका पैर अकड़कर काठ हो जाएगा। लेकिन फिर उसने सोचा कि शायद पहली बार यहाँ आने से उसे ऐसा महसूस हो रहा है। महरिन का लड़का ही उसका राशन बराबर ला दिया करता था। लेकिन उसके अचानक बीमार पड़ जाने के कारण उसे स्वयं राशन लेने आना पड़ा। वह भी रमा के बहुत जिद करने पर। फिर उसने अपने पैरों को झटका ताकि झुनझुनी दूर हो जाए और एक ताजा स्फूर्ति उसकी रगों में पुनः दौड़ने लगे। लेकिन साथ ही रह-रह कर उसे रमा पर गुस्सा भी आने लगा। उसी के जिद पर उसे यहाँ आना पड़ा नहीं तो आराम से वह छुट्टी मनाता। बाज आए ऐसी किफायतशारी से। चार पैसे की बचत के लिए कितना समय बर्बाद होता है और जो तवालत उठाना पड़ता है, वह अलग।

उसने देखा कि करीब सौ गज की दूरी पर खड़ा दुकान का मालिक चौधरी खद्दर की धोती-बण्डी पहने और आँखों पर काले फ्रेम का चश्मा चढ़ाए किसी दैनिक अखबार के पन्ने उलट-पलट रहा था। तभी उसे एक तरकीब सूझी। उसने सोचा कि एक जरूरी काम का बहाना लेकर वह चौधरी के यहाँ जाए और अपना नम्बर पहले लगाने के लिए उससे निवेदन करे। शायद वह राजी हो जाए और उसका नम्बर पहले लगा दे। इस तरह घंटों काठ की मूर्ति की तरह खड़े रहने से उसे निजात तो मिल जाएगी। लेकिन फिर वह सोचने लगा कि उसके ऐसा करने से उसके देखा-देखी और भी लोग अपना-अपना नम्बर पहले लगवाने लगेंगे। फिर उसका इरादा बदलने लगा। उसने अपने आगे-पीछे कतार लगाए खड़े लोगों पर एक उड़ती निगाह दौड़ाई। उसने अनुमान लगाया कि उसके आगे अभी बीस लोग बाकी हैं। उसके पीछे भी लगभग पन्द्रह सोलह लोग होंगे। अपने-अपने हाथों में राशनकार्ड लिए सभी निरुद्विग्न से खड़े थे। शायद ये लोग इसके अभ्यस्त हो चुके हैं—उसने मन ही मन सोचा। फिर उसने तय कर लिया कि वह भी जन-तांत्रिक ढंग से ही अपने नम्बर पर राशन लेगा। जैसे इतने लोग खड़े हैं वैसे वह भी खड़ा रहेगा।

उसने गिनकर देखा कि उसके आगे बस तीन लोग रह गए थे। उसका नम्बर अब जल्द ही आ जाएगा। इस एहसास से उसे कुछ राहत मिली। घंटों खड़ा रहने की यातना से शीघ्र ही मुक्ति पाने के विचार से एक क्षण के लिए उसकी रगो में एक नई स्फूर्ति आ गई। तभी अन्दर से आवाज आई, "चावल का स्टाक खत्म

हो गया है। चावल अब न लिखा जाए।'' शायद अनाज तौलने वाला व्यक्ति अन्दर से ही मुंशी जी को हिदायत दे रहा था। मुंशीजी ने भी पंक्तिबद्ध खड़े लोगों को यह सूचना तत्काल दे दी कि चावल का स्टाक खत्म हो गया है। केवल आटा भर अब मिलेगा। सबसे आगे खड़ा लड़का जिसकी उम्र पन्द्रह-सोलह साल की रही होगी, मुंशी जी की बात पर आवेश में आकर बोल पड़ा, ''वाह साहब! वाह! यह भी कोई बात है! हमें पहले क्यों नहीं बताया गया। इतनी देर तक खड़ा तो नहीं रहना पड़ता।''

एक सनसनी की लहर पंक्तिबद्ध खड़े सभी लोगों में दौड़ गई। आगे वाला व्यक्ति जो अधेड़ उम्र का था, उत्तेजित हो उठा, ''यह तो सरासर धाँधली है।''

''हर बार साहब यही होता है'' एक तीसरी आवाज पंक्तिबद्ध लोगों के बीच से तैरती हुई आई। श्रीकान्त ने भी महसूस किया कि सचमुच यह धाँधली है। उसे भी क्रोध आने लगा। लेकिन एक सभ्य आदमी की तरह उसने अपने क्रोध पर नियन्त्रण रखने की चेष्टा की। उसने सोचा कि वह खुद चौधरी से दरयाफ्त कर ले। शायद वह चावल वितरित करने की कोई व्यवस्था भी कर दे क्योंकि उसे पूरा विश्वास था कि चौधरी इस तरह का मनमाना काम नहीं कर सकता। चौधरी के बारे में उसे कोई खास जानकारी नहीं थी। बल्कि अभी पिछले वर्ष से ही उसे वह जानने लगा था जब वह मुहल्ले की होलिका समिति का अध्यक्ष बनाया गया था। काफी धन-दौलत भी उसके पास हो गया है। जैसा कि मुहल्ले वाले बताते हैं, वह एक पुराना कांग्रेसी है और आजादी की लड़ाई में वह कई बार जेल की सजा भी काट चुका था जिसके किस्से वह मुहल्ले वालों को बड़े गर्व से सुनाया करता है। इसीलिए मुहल्ले में उसका रुतबा है। चौधरी ऐसा गलत काम कभी नहीं कर सकता जिससे उसके रुतबे पर आँच आए। बड़े संयत स्वर में उसने पूछा, ''क्या सचमुच हम लोगों को चावल नहीं मिलेगा?''

अपने चार-पाँच दादा किस्म के अंगरक्षकों से घिरा चौधरी अभी तक अखबार के पन्ने उलट-पलट रहा था। अपने चश्मे के भीतर से ही उसने श्रीकान्त को घूर कर देखा। फिर त्योरियाँ चढ़ाते हुए वह बोल पड़ा, ''चावल खत्म हो गया है तो मैं कहाँ से लाऊँ चावल। व्यर्थ की बक-बक बन्द करो।''

चौधरी की यह उद्दण्डता उसके लिए अप्रत्याशित थी क्योंकि उसके बारे में, उसने एक अच्छी धारणा बना रखी थी। उसकी दबी हुई उत्तेजना उभर आई।

''यह धाँधली नहीं चलेगी।'' उसने भी एक सरल आवाज में चौधरी को चुनौती दी। साथ ही उसे पूरी उम्मीद थी कि उसके पहल करने पर पंक्तिबद्ध खड़े अन्य लोग

भी भुक्तभोगी होने के कारण इस धाँधली के खिलाफ उसका साथ देंगे।

चौधरी और भी तैश में आ गया। क्रोध में अपने होंठों को चबाते हुए उसके पास आकर वह बरस पड़ा "हम धाँधली करते हैं...और तुम आए हो ईमानदारी का सनद लेकर...तुम्हें आटा लेना है कि नहीं...नहीं लेना है तो हट जाओ, औरों को लेने दो..." फिर हिकारत भरी नजरों से उसे देखते हुए उसने फिर बड़बड़ाना शुरू किया, "बड़े आये हैं धाँधली को पकड़ने वाले।"

श्रीकान्त का खून खौल उठा। चौधरी के 'तुम' संबोधन से वह और भी बेकाबू होने लगा। खुद गलती करे और टोकने पर घुड़की भी दे। बदतमीज कहीं का—मन ही मन वह बुदबुदाने लगा। जिसे बात करने की तमीज नहीं, वह उचित-अनुचित क्या सोच सकेगा। फिर उसने भी बिना कुछ आगा-पीछा सोचे उसी तेवर में उसे ललकारा, "देखें, तुम क्या कर लेते हो। मैं यही खड़ा रहूँगा। तुम्हारे जो जी में आए करो। जरा मैं भी तुम्हारी हस्ती देख लूँ।"

चौधरी फिर जोर से चिल्ला पड़ा "जाता है यहाँ से कि धक्के देकर निकलवाऊँ।"

"बताता हूँ अभी" दाँत पीसते हुए अपनी मुट्ठियाँ ताने वह कतार से झट बाहर निकल आया। चौधरी की ओर वह लपकने ही वाला था कि आस-पास खड़े अंगरक्षकों ने उसे पकड़कर दबोच लिया। उनमें से एक ने उसे जमीन पर दे मारा। दो-तीन घूँसे उस पर रसीद कर लेने के बाद उस पर भद्दी गालियों की बौछार करते हुए वह उसे धमकाने लगा, "फिर कभी सेठजी को आँख दिखाया तो तुम्हारा कचूमड़ निकाल लूँगा।"

चौधरी के इशारे पर फिर उसे छोड़ दिया उसने।

अपनी धूल-धूसरित बाँहों को सहलाते हुए वह उठने लगा। उसने कतार में खड़े लोगों पर दृष्टिपात किया। लोग अभी भी कतार में खड़े थे। लेकिन उनके चेहरों पर पहले जैसी उत्तेजना नहीं थी। वे तटस्थ से दिखने लगे थे। आतंक से उनके चेहरे पीले और बेजान से लगने लगे थे। आतंक आदमी को कितना कमजोर और एक-दूसरे से अलग कर देता है, यह अहसास उसे आज पहली बार हुआ। यह उसने सोचा भी नहीं था कि लोग इतने कमजोर और कायर निकलेंगे कि धाँधली को रूबरू देखकर भी चुपचाप सह लेंगे।

तभी वह लड़का जो कतार में सबसे आगे खड़ा था, कतार से बाहर निकल आया। उसका चेहरा क्रोध से तमतमा रहा था। कतार में खड़े लोगों को ललकारते हुए वह कहने लगा, "आप लोग इतने पर भी चुप हैं।" और फिर चौधरी के

अंगरक्षकों की परवाह किए बिना वह बोलता जा रहा था, "अच्छा मजाक है। उल्टा चोर कोतवाल को डाँटे। यह सरासर धाँधली नहीं तो और क्या है? आप लोग अगर इसी तरह धाँधली को अपनी आँखों के सामने देखकर भी चुप्पी साधते रहेंगे तो यह हमेशा इसी तरह धाँधली करता रहेगा।"

लड़के के जोशीले और विवेकपूर्ण वक्तव्य ने कतार में खड़े लोगों पर जादू सा असर डाला। कुछ सुगबुगाहट भी उनमें होने लगी। उन्हें लगा जैसे लड़के की ललकार ने उनके भीतर राख की पर्तों में दबी उत्तेजना को उभार दिया है। उनके चेहरे की भंगिमा बदलने लगी।

"लड़का ठीक कहता है।" लड़के के पीछे खड़े अधेड़ उम्र वाले व्यक्ति ने हामी भरते हुए कहा।

"अब यह धाँधली नहीं चलेगी।" अधेड़ उम्र वाले के पीछे खड़े व्यक्ति ने त्योंरियां चढ़ाते हुए कहा।

"बबुआ ठीक कहत बाट ऽऽ। ई धाँधली नाहीं त का हउवे। अउर नाहीं त ई लुच्चन से बाबू जइसन सरीफ मनई के पिटवइलस भी। ई हरामी जानत रहल कि एकरे खिलाफ के बोली..." कतार के बीचो-बीच एक साँवली रंग की अधेड़ औरत बेखटक बोल रही थी।

इसी बीच सभी ने देखा कि चौधरी के अंगरक्षक आग्नेय आँखों से घूरते हुए लड़के की ओर बढ़ने लगे।

"खबरदार जो लड़के को हाथ लगाया।" कई आवाजें एक साथ गरज पड़ी। चौधरी के अंगरक्षक सकतें में आ गए। यह परिस्थिति उनके लिए अप्रत्याशित थी। पत्थर की मूर्ति की तरह वे जड़वत खड़े रह गए। उनकी समझ में नहीं आया कि वे क्या करें।

फिर कतार में खड़े लोगों ने कतार तोड़कर चौधरी के अंगरक्षकों को घेर लिया। इसी बीच मौका पाकर चौधरी चुपके से खिसक गया।

झोला लिए श्रीकान्त अपने घर लौट रहा था। वह जरा भी खिन्न नहीं दिखाई पड़ रहा था। बल्कि एक नई आभा से उसका चेहरा चमकने लगा था क्योंकि एक नई सच्चाई से साक्षात्कार करके वह लौट रहा था। रात के सपने में विनायक की बातें उसे समझ में आने लगीं। सचमुच अन्याय का विरोध करने के लिए एकजुटता जरूरी है। फिर अनायास ही गफूर मियाँ का चित्र उसके मानस पटल पर उभर आया। उसने सोचा कि गफूर मियाँ पागल नहीं बल्कि एक पिटा हुआ आदमी है और पिटे हुए हर आदमी की यही नियति होगी...।

12

खाली दराज़

दुलारे बाबू हाज़िरी रजिस्टर पर दस्तखत बना ही रहे थे तभी उनके पास खड़ा निगम उनसे पूछ बैठा—आपको कितना मिला? दूलारे बाबू समझ गये कि निगम का प्रश्न मंहगाई भत्ते की बढ़ोत्तरी से सम्बन्ध रखता है। उन्हें भी अखबार द्वारा आज ही मालूम हुआ था कि सभी केन्द्रीय कर्मचारियों के महंगाई भत्ते की एक और किश्त बढ़ा दी गई है।

ऑफिस के कर्मचारी बारी-बारी हाजिरी रजिस्टर पर अपना दस्तखत बनाते जाते और फिर थोड़ी देर वहीं रुककर बहस में शामिल हो जाते। बड़ी गर्मागर्म बहस छिड़ पड़ी थी मंहगाई भत्ते की बढ़ोत्तरी को लेकर। वैसे सभी प्रसन्न लग रहे थे प्रतिमाह किसी का अस्सी रुपये बढा, किसी का सौ, किसी का डैढ़ सौ...कर्मचारियों की प्रसन्नता का एक कारण यह भी था कि इस बार बिना कोई हो हल्ला मचाये ही सरकार ने उनका महँगाई भत्ता बढा दिया। इस बात पर सभी सहमत थे कि यूनियन वाले झूठमूठ बवाल मचाते रहते हैं। कर्मचारियों को शायद यह पता नहीं कि उन्हें खुश करने के लिए ही इतनी जल्दी महंगाई भत्ते की नई किश्त घोषित कर दी गई क्योंकि संसद के रिक्त स्थानों के लिए उपचुनाव सन्निकट थे। लेकिन थोड़ा असंतोष भी दिखा कर्मचारियों में। उनका कहना था कि महंगाई भत्ते की नई किश्त की दरें थोड़ा और बढ़ा दी जाती तो उन्हें काफी राहत मिल जाती।

सरकारी घोषणा के अनुसार महंगाई भत्ते की यह नई किश्त पिछले जुलाई माह से देय होगी जिससे चार-चार माह का एरियर भी सभी को मिलेगा। दुलारे बाबू को भी छः सौ रुपये का एरियर मिलेगा। इस एरियर का उपयोग वे किस तरह करेंगे-अपनी सीट पर बैठे-बैठे वे इसी बात को लेकर विचार मग्न थे। सुनयना के लिए ऊंची हीलवाली सैंडिल खरीदकर अपने अंदर के संजोये अरमान को पूरा करें, कि दर्जी के बकाये का भुगतान कर उसके तगादे से मुक्ति पायें, कि

अपने लिए और बच्चों के लिए ऊनी पुलोवर खरीदें जिससे वे अपने को ठण्डे से बचा सकें क्योंकि इधर हल्की बारिश के कारण ठण्ड यकायक बढ़ गई थी।

"दुलारे भाई...जरा एक मिनट के लिए..."

एक गंभीर आवाज़ दुलारे बाबू के कानों में पड़ी। पीछे मुडकर उन्होंने देखा। बाहर गैलरी से राकेश उन्हें आवाज दे रहा था।

"बाहर क्यों खड़े हो राकेश? अंदर आ जाओ न।"

दुलारे बाबू के आग्रह पर राकेश धीमे कदमों से चलकर अंदर आया और दुलारे बाबू की बगल में पड़ी खाली कुर्सी पर बैठ गया। राकेश उनका अभिन्न मित्र है और उसी के विभाग में बजट सेक्शन में नियुक्त है। दर्शन शास्त्र से उसने एम. ए. किया है। सिर्फ पाँच नंबरों से वह प्रथम श्रेणी प्राप्त करने से वंचित रह गया था। प्राध्यापक पद के लिए कुछ महाविद्यालयों में उसने आवेदन भी दिया था। लेकिन शैक्षिक योग्यता के बावजूद उसका चयन कहीं नहीं हो सका। क्योंकि उसके पास न तो कोई सोर्स-सिफारिश थी और न ही रिश्वत देने के लिए मोटी रकम। इससे वह इतना निराश हो गया कि अंत में प्राध्यापक बनने का विचार ही उसने त्याग दिया। उसके इस निर्णय ने उसके अंदर एक नये राकेश को जन्म दिया। अक्सर वह रहा करता है कि कोई प्राध्यापक है, अफसर है, इंजीनियर है या एक अदना सा क्लर्क-इससे क्या फर्क पड़ता है। सबसे ज्यादा जरूरी है एक इन्सानियत की जिंदगी जीना। उसके इसी निराले व्यक्तित्व के कारण दुलारे बाबू भी उसे काफी सम्मान देते हैं।

"आपका कितना बढ़ा?" दुलारे बाबू ने सहज उत्सुकता से पूछा।

"मालूम नहीं," राकेश ने अपनी अनभिज्ञता जताई।

दुलारे बाबू सोचने लगे कि अजीब है यह राकेश। सभी कर्मचारी इतने प्रसन्न हैं और एक वह है कि उसके चेहरे पर उत्फुल्लता की कोई झलक भी नहीं। उन्हें लगा कि वह महज पोज कर रहा है। शायद वह दिखाना चाहता है कि पैसा उसके लिए कोई महत्व नहीं रखता। लेकिन थोड़ी खामोशी के बाद राकेश ने ही फिर कहा, "इस तरह समय-समय पर महंगाई भत्ता बढ़ जाने से कोई हल निकलने वाला नहीं है। एक हाथ से सरकार जितना देती है, दूसरे हाथ से उससे दोगुना, तिगुना वसूल लेती है। और कड़वा सच तो यह है कि महँगाई भत्ते के बढ़ने के साथ-साथ हमारी आर्थिक स्थिति और भी बिगड़ती जा रही है। आज से दस साल पहले मेरी पत्नी ने कहा था कि अगर उसका वेतन सौ रुपया और बढ़ जाता तो गृहस्थी चलाने में उसे कोई परेशानी नहीं होती और आज उसका लगभग चौगुना

वेतन हो गया है। लेकिन उसके घर की आर्थिक तंगी पहले से कहीं अधिक बढ़ गई है...'' कहते-कहते वह अचानक रुक गया, जैसे वह चैतन्य हो गया हो। फिर मद्धिम स्वर में कहने लगा, ''खैर...छोड़िए इन निरर्थक बातों को...मैं तो आया था आपको यह बताने कि मैं बहुत मुसीबत में फंस गया हूं। पत्नी की तबीयत इधर तीन-चार दिन से अचानक खराब हो गई है। कई डॉक्टरों को दिखाया। लेकिन कोई लाभ नहीं हुआ। मेडिकल कॉलेज में भी उन्हें दिखाया। वहाँ एक्सरे करने के बाद डॉक्टर ने बताया कि उसके 'हार्ट' का एक वॉल्व काम नहीं कर रहा है। इसके उचित उपचार के लिए उन्होंने दिल्ली के मेडिकल कॉलेज में दिखाने का सुझाव दिया है।''

यह सब सुनकर दुलारे बाबू चिंतित हो उठे, ''यह तो सचमुच बड़ी परेशानी की बात है।''

''और सबसे बड़ी परेशानी तो...'' बीड़ी का एक कश लेते हुए राकेश ने फिर कहा, ''यह है कि दिल्ली में इलाज कराने कि लिए कम से कम चार-पाँच हजार रुपये चाहिए...और तीन-चार दिन के अन्दर ही जाना भी चाहता हूँ क्योंकि अधिक विलंब करने से रोग और अधिक भयंकर रूप ले सकता है...लेकिन इतने पैसों का जुगाड़ भी इतने कम समय में हो पाना मुश्किल लग रहा है...''

''हिम्मत हारने से काम नहीं चलेगा...कोई न कोई रास्ता निकलेगा ही...'' दुलारे बाबू ने हमदर्दी जताई।

''उम्मीद पर तो दुनिया ही टिकी है...मैं भी...खैर...देखा जाएगाा...'' फिर वह हिचकिचाते हुए कहने लगा, ''बोझ आपस में बाँटने से ही हल्का हो जाता है...मैं चाहता हूँ कि आप लोग भी थोड़ा-थोड़ा सहयोग कर देते तो मेरा काम बन जाता। क्योंकि इतने कम समय में पैसे जुटाना अकेले मेरे बस की बात नहीं...प्यारेलाल और मुनींद्र से भी इसके लिए कहा है...आप भी थोड़ा इंतजाम कर दीजिए...ज्यादा नहीं...यही बस चार-पाँच सौ रुपये। दो तीन महीने के अंदर ही आप सभी का उधार मैं चुकता कर दूंगा।''

दुलारे बाबू बड़े असमंजस में पड़ गये। वे स्वयं इधर घोर आर्थिक तंगी से गुजर रहे थे। लेकिन राकेश के संकट की घड़ी में अपनी असमर्थता व्यक्त करना भी उनके स्वभाव में नहीं था। राकेश को ढाढस देते हुए उन्होंने कहा, ''...इस समय मेरा हाथ बिल्कुल खाली है, नहीं तो मैं अभी दे देता। लेकिन कहीं न कहीं से मैं प्रबंध अवश्य कर दूंगा। इसके लिए तुम निश्चिंत रहो...''

राकेश चुप था। वह क्या जवाब दे उसे खुद समझ में नहीं आया। उसका

संवेदनशील मन दुलारे बाबू की विवशता को भी तहेदिल से महसूस कर रहा था। लेकिन उसके सामने भी अपनी लाचारी थी। कुर्सी से उठते हुए उसने कहा-"तो मैं चल रहा हूँ..और हाँ, अभी दो रोज तक तो मुझे रुकना ही पड़ेगा क्योंकि प्यारेलाल और मुनींद ने दो-तीन दिन के अंदर पैसे देने से कहा है..."

राकेश के जाने के बाद दुलारे बाबू बड़े सोच में पड़ गये कि राकेश के लिए पैसे का जुगाड़ वे कैसे करें। किसी से उधार लेने के सिवाय उन्हें कोई और उपाय नहीं सूझ रहा था। अपने पीछे मुड़कर एक उड़ती नजर उन्होंने सेक्शन के सभी लोगों पर दौड़ाई यह पता लगाने के लिए कि सेक्शन का कौन आदमी उन्हें पैसे उधार दे सकता है।

पहले उन्होने विपिन से उधार लेने के लिए सोचा। विपिन की नियुक्ति उन्हीं के साथ हुई थी। सात साल हो गये विपिन को इस सेक्शन में काम करते हुए। लेकिन अभी तक उन्होंने खद्दर का कुर्ता-पाजामा और हवाई चप्पल छोड़ कोई और चीज उसे पहनते हुए नहीं देखा...स्टाफ कैंटीन भी वह यदा-कदा ही जाता है...और अगर जाता भी है तो वह एक रुपये वाली खुली चाय पीता है। ऐसे मक्खीचूस लोग पैसे नहीं बचाएँगे तो कौन बचाएगा?..लेकिन जब उन्होंने विपिन से इसकी चर्चा की तो उल्टे वह अपनी ही खस्ताहाली का रोना रोने लगा। उसने यह भी दुलारे बाबू को बताया कि उसे स्वयं अपने दो लड़कों की फीस का जुगाड़ दो दिन के अंदर ही कर लेना है नहीं तो उपस्थिति पंजिका से उन दोनों का नाम कट जाएगा...

फिर उन्होंने नवल किशोर से संपर्क करने के लिए सोचा। नवल किशोर की भी नियुक्ति उनके साथ ही हुई थी। वह बड़े टिपटॉप ढ़ंग से रहता है। उन्हें यह सोचकर बड़ा आश्चर्य होता है कि तीन बच्चों का बाप होते हुए भी कैसे नवल किशोर अपने को मेंटेन करता है? जबकि दो बच्चों के ही पालन-पोषण में उनकी यह दुर्दशा है कि महीने के अंत तक आते-आते उन्हें दुकानों से उधारखोरी की शरण में जाने के सिवाय और कोई विकल्प ही नहीं बचता। उन्हें पूरी उम्मीद थी कि नवल किशोर से उसका काम जरूर बन जाएगा। बस दो-तीन महीने की तो बात है। या फिर पहली तारीख को वे अपने वेतन से ही नवल किशोर के उधार का भुगतान कर देंगे।

लेकिन नवल किशोर ने भी उन्हें टका सा जवाब दे दिया क्योंकि उसे फ्रिज की एक किश्त जमा करनी थी और घर पर पिताजी को पैसे भेजना था।

विपिन और नवल किशोर पर उन्हें बहुत गुस्सा आया, उन्हें लगा कि ये

दोनों सरासर झूठ बोल रहें हैं। लेकिन इसके लिए उन्हें बहाना बनाने की क्या जरूरत थी? साफ-साफ नहीं कह सकते थे। अपनी दिक्कतों और परेशानियों का रोना वे इस तरह रोते हैं जैसे अन्यायी ईश्वर ने दुनिया की सारी दिक्कतें और परेशानियां उन्हीं के खाते में डाल दी हैं...और बाकी सब तो जैसे मौज-मस्ती कर रहें हो।

फिर वे इतने हताश हो गये कि किसी और के पास जाने का साहस उन्हें नहीं हुआ। लेकिन फिर राकेश से किये अपने वायदे का स्मरण उन्हें हो आया। राकेश जब आएगा तो उसे क्या जवाब देंगे? कैसे उसे यह बताने का साहस वे कर पायेंगे कि उसके लिए पैसे का प्रबंध करने में वे असफल रहे। वह क्या सोचेगा उनके बारे में? यही न कि उनकी हमदर्दी, सहानुभूति, मित्रता सब दिखावटी है। यह विचार आते ही वे अंदर ही अंदर तिलमिला उठे। उन्होंने सोचा कि क्यों न एक बार और वे कोशिश करके देख लें। इस बार उन्होंने स्वामीनाथ से बात करने के लिए सोचा। शायद उसी से काम बन जाए।

तभी सामने के फाटक से प्रवेश करता हुआ राकेश दिखाई पड़ गया। शायद आज ही उसे दिल्ली जाना है। वे बड़े धर्मसंकट में पड़ गये।

एक दार्शनिक-सा चेहरा लिए राकेश उनके सामने आकर चुपचाप खड़ा हो गया। दुलारे बाबू मन ही मन बहुत शर्मिंदगी महसूस कर रहे थे। उनकी समझ में नही आ रहा था कि बात की शुरूआत वे कैसे करें? आखिर उन्होंने ही चुप्पी तोड़ी।

"क्या हुआ? प्यारेलाल और मुनींद्र से पैसे मिल गये?"

"मुनींद्र से तो मिल गए। लेकिन प्यारेलाल से अभी नहीं मिले। उनके एडवान्स का भुगतान कल होगा। तभी वे दे पाएँगे। इसीलिए मुझे एक दिन और रुकना पड़ रहा है।"

राकेश के अंतिम वाक्य से उन्हें राहत मिली जैसे किसी डूबते को तिनके का सहारा मिल जाए। कल सुबह तक तो वे कहीं न कहीं से पैसों का जुगाड़ अवश्य कर लेगें। स्वामीनाथ ने भी नहीं दिया तो वे सुनयना के गहने गिरवीं रख कर पैसों का इंतजाम कर लेंगे। इससे पहले कि राकेश कुछ और कहे वे स्वयं बोल पड़े, "दुनिया किननी खुदगर्ज हो गई है। जिसे देखो वही अपना रोना रोता है। दूसरों के दुख-सुख के बारे में जानने-सोचने के लिए लोगों के पास फुर्सत ही नहीं । कई लोगों से उधारी के लिए मैं अपना मुँह खोल चुका हूं। लेकिन सभी ने अपनी असमर्थता जता दी। क्या सचमुच लोग इतने कंगाल हो गये हैं? या महीने का अंतिम सप्ताह होने के कारण..."

"यह बात नहीं है, दुलारे बाबू ," राकेश ने बीच में ही बात काटकर कहा। फिर उसने बीड़ी का अंतिम कश लिया। बची बीड़ी को अपनी चप्पल से रगड़ते हुए उसने फिर कहा, "इसी अंतिम सप्ताह में मैने दो-दो हजार रुपयों का इंतजाम उधार लेकर किया है। सच बात तो यह है कि आज की कमरतोड़ महंगाई के जमाने में हम अल्प वेतनभोगियों के लिए जिंदा रहना ही दूभर होता जा रहा है। सरकार भी इस बढ़ती महंगाई पर अंकुश नहीं लगा सकती क्योंकि वह उद्योगपतियों के हाथ बिकी हुई है। नहीं तो, चुनावों के समय कौन उन्हें चंदे देगा?" फिर वह संयत भाव से कहने लगा, "दुलारे बाबू, यदि किसी भी प्रकार की परेशानी आपको उठानी पड़ रही है, तो रहने दीजिए। किसी और से कहूंगा इंतजाम करने के लिए।"

दुलारे बाबू इस अप्रत्याशित परिस्थिति के लिए तैयार नहीं थे। राकेश ने शायद उनकी विवशता का गलत अर्थ लगा दिया है। यह उनके लिए असह्य था क्योंकि यह उनके आत्म-सम्मान को चुनौती थी।

"नहीं...नहीं परेशानी की कोई बात नहीं। तुम मुझे गलत समझ रहे हो। पैसों का इंतजाम तो मुझे करना ही है।" और फिर उन्होंने अपनी ओर से बात बना कर कहा, "अभी-अभी तुम्हारे आने से पहले मैंने एक अन्य व्यक्ति से इसके लिए बात कर ली है। कल हर हालत में तुम्हें पैसे मिल जायेंगे।"

राकेश चला गया। उसके जाते ही दुलारे बाबू ने स्वामीनाथ से उधार पैसे देने के लिए कहा। लेकिन उससे भी उन्हें वही निराशा मिली। वही टका सा जवाब। वही अपना दुखड़ा रोना...

लटका हुआ चेहरा लिए दुलारे बाबू शाम को घर पहुँचे। वे इस बात को लेकर बहुत खिन्न थे कि वे अपने अभिन्न मित्र की मदद करने में अपने को असहाय पा रहे थे। उनकी यह मनोदशा सुनयना ने भी भांप ली। लेकिन उनसे कुछ पूछ-ताछ करने का साहस उसमें नहीं हुआ। दुलारे बाबू भी अपनी बात उससे कहने का साहस नहीं जुटा पा रहे थे। बताने पर पता नहीं वह उल्टा-सीधा क्या समझ बैठै। कहीं यह न समझ बैठे कि गिरवीं रखने के बहाने उसके गहने को वे बेच डालेंगे। घर के खर्चे में काट-काटकर बड़ी मशक्कत से उसने कुछ गहने बनाये थे। इसी कारण इन्हें छूना वे स्वयं नहीं चाहते थे। लेकिन वे करें क्या?

अनमने ढंग से उन्होंने खाना खाया और गुमसुम बिस्तर पर ढेर हो गये। सुनयना ने दोनों बच्चों को खिला-पिला कर बगल की चारपाई पर सुला दिया। फिर सारे गृहकर्मों से निवृत्त होने के बाद चुपचाप आकर दुलारे बाबू की बगल में लेट गई। दुलारे बाबू की आंखों में नींद गायब थी। दूसरी तरफ करवट लिए हुए

वे सोने का अभिनय कर रहे थे। सुनयना को उम्मीद थी कि आहट पाकर वे उसकी तरफ करवट बदलेंगे। उसे अपनी भुजाओं में भरकर प्रेमालाप करेंगे। लेकिन ऐसा कुछ नहीं हुआ। उसने सोचा शायद ऑफिस के काम से थककर वे सो गये हैं। फिर उसने ही उन्हें खोदकर जगाने की पहल की। यंत्रचालित सा उन्होंने उसकी ओर करवट बदल ली।

"आप इतने गुमसुम क्यों हैं?...मुझसे भी नहीं बताएँगे।" सुनयना ने मनुहार किया तो वे रोक नहीं सके अपने को। अपनी परेशानी विस्तार से बताने के बाद उनके मुँह से अनायास ही निकल गया, "तुम चाहो तो मेरी परेशानी से मुझे उबार सकती हो।"

"कैसे?"

"अपने एक-दो गहनों को तुम मुझे दे दो गिरवी रखने के लिए। बस दो-तीन महीने की बात है क्योंकि राकेश ने वायदा किया है कि दो-तीन महीने के अंदर उधार चुकता कर देगा।"

सुनयना ने सुना तो उसे काठ मार गया। यह उसने सोचा भी नहीं था। फिर उसने सोचा कि कहीं वे झूठ तो नहीं बोल रहें हैं। मर्दों का क्या भरोसा? गिरवीं रखने के बहाने उसके गहने कहीं वे बोच न डालें। इतना मर-जी कर इन गहनों को उसने क्या इसीलिए बनवाया था कि इन्हें एक दिन बेच दिया जाए?

"आपकी निगाह तो मेरे गहनों पर ही गड़ी रहती है।" उसने शिकायती लहज़े में कहा। फिर एक झटके से बिस्तर से वह उठ पड़ी। अंदर जाकर बक्से से अपना लॉकेट निकाल लाई। फिर लॉकेट को उनके मुँह पर फेंकते हुए वह झल्ला पड़ी-" ले जाइए एक-एक करके सभी गहने उतरवा डालिए...इस कमाई में मुझे कोई सुख नसीब नहीं हुआ..."

दुलारे बाबू अपने दफ्तर पहुँचे तो राकेश पहले से ही उनकी सीट पर बैठा बीड़ी पी रहा था। सौ-सौ के पाँच नोट उन्होंने अपनी जेब से निकाल कर राकेश को दे दिये। धन्यवाद देकर राकेश चला गया। दुलारे बाबू फटी-फटी आंखों से मेज की खाली दराज को देखते रहे...

"एक-एक करके सभी गहने उतरवा डालिए...इस कमाई में मुझे कोई सुख नसीब नहीं हुआ"-सुनयना की यह झल्लाहट उन्हें रह रह कर कचोटने लगी...

"मूर्ख कहीं की..." मन ही मन वे बुदबुदाये और फिर फाइलों में डूब गये...

13

तोहफा

"साहब चाय"—रामू ने दबी आवाज में कहा। फिर चाय का पाट ट्रे समेत लाल साहब के पास पड़ी स्टूल पर रख कर वह अंदर जाने लगा। जाते-जाते उसकी इच्छा हुई कि मुड़कर वह साहब से पूछे कि कैसे वे आज इतना पहले दफ्तर आ गए। कहाँ तो साहब रात सात-आठ बजे से पहले आते ही नहीं थे और आज तो अभी शाम भी नहीं हुई है। सिर्फ चार ही तो बजे हैं अभी। लेकिन साहब का उतरा हुआ चेहरा देखकर वह सहम गया और कुछ पूछने का साहस वह नहीं जुटा पाया।

अनमने ढंग से लाल साहब ने चाय को कप में उड़ेला। फिर चीनी-दूध कप में डालकर चम्मच से चाय को मिलाने लगे। उन्हें लगा जैसे उनका पोर-पोर अंदर से टूट रहा हो। ठण्ड के बावजूद वे अपने अंदर उमस और बेचैनी महसूस करने लगे। कोट उतार कर उन्होंने बगल की कुर्सी पर फेंक दिया। फिर आहिस्ता से कप को होठों तक लाकर उन्होंने एक हल्की सी चुस्की ली।

रामू अन्दर से निकल कर बाहर जाने लगा तो उन्होंने अनमने भाव से उससे पूछ लिया।

"कहाँ जा रहे हो?"

"मेम साब को बुलाने...यहीं चौधरी साहब के यहाँ। बताकर गई हैं।"

लेकिन लाल साहब ने उसे मना कर दिया "रहने दो। जल्दी क्या है? खुद आ जांएगी।"

लाल साहब तनहाई चाहते थे। वे नहीं चाहते थे कि उनकी तनहाई में कोई खलल पड़े। फिर ड्राइवर को बुलवा कर उसे हिदायत दी कि वह जाकर सपना को कालेज से लिवाता आवें क्योंकि उसके पीरियड खत्म हो गये होंगे। फिर रामू भी सकपकाया हुआ अंदर लौट गया।

बेमन से चाय की चुस्की लेते हुए वे विचारों में खो गये। इस बात को लेकर

वे काफी चिन्तित थे कि अगले जनवरी में वे रिटायर हो रहे हैं। पर वे चाहते थे कि कम से कम एक साल के लिए उनको एक्सटेन्शन मिल जाता। तब तक महेन्द्र अपना इन्जीनियरिंग का कोर्स पूरा कर लेता। सपना का भी एम.ए. इस साल पूरा हो जाएगा और अगले साल उसकी शादी भी वे कर देना चाहते थे। लेकिन उसकी शादी वे वैसे ही धूमधाम से करना चाहते थे जैसे उन्होंने बड़ी बेटी कल्पना का किया था। दस-बारह लाख के करीब खर्च बैठा था उसकी शादी में। पर अभी तक वे नहीं समझ पाये कि इतने सारे पैसों का इन्तजाम कहाँ से हुआ। खाने-पीने की सामग्री इतनी बच गई थी कि शादी के बाद भी महीनों चला और प्रेजेन्ट्स की तो बात ही मत पूछिये। इत्ते सारे प्रेजेन्ट्स मिले थे कि आधे से अधिक तो रख लेना पड़ा था। इसीलिए और भी वे अपने एक्सटेन्शन के लिए इतने परेशान थे ताकि सपना की भी शादी वैसे ही धूमधाम से करने की उनकी तमन्ना पूरी हो जाए।

पूरे स्टोर्स डिपार्टमेन्ट में लाल साहब की शोहरत थी कि वे एक मेहनती और ईमानदार अफसर थे। मेहनत वे कितना करते थे इसका अनुमान इसी से लगाया जा सकता है कि नित्य वे आफिस आठ-नौ बजे सुबह तक पहुँच जाते और फिर रात को सात-आठ बजे के बाद ही थकान से चूर होकर लौटते। उनकी इमानदारी भी संदेह के परे थी। लेकिन यह पहले वाली इमानदारी नहीं थी जब लोग एक पैसे की भी बेइमानी करना हराम की कमाई समझते थे। लेकिन तब लोगों के समाने जीवन के कुछ नैतिक मूल्य हुआ करते थे जिसके तहत बेइमानी की कमाई को अत्यत्त हेय दृष्टि से देखा जाता था। इसीलिए अकूत धन का स्वामी होने के बावजूद माफियाओं और तस्करों को कोई सामाजिक मान-सम्मान नहीं मिलता था। लेकिन अब जमाना बदल चुका है। इमानदार आदमी के लिए आज के समाज में कोई जगह नहीं रह गई है क्योंकि नैतिक मूल्य हमारे जीवन से बहिष्कृत हो गए हैं। अब तो जायज -नाजायज जिस तरीके से सम्भव हो सके, उपभोग की सामग्री जितना अधिक जुटा सकें, जुटा लें क्योंकि इसी से हमारा स्टेटस आंका जाने लगा है। इसीलिए हर आदमी जी-जान से जुट गया है अधिक से अधिक उपभोग की वस्तुएँ जुटाने में। लेकिन इसके लिए पैसा कहाँ से आए क्योंकि आय सभी की सीमित है। अतः लोग खुल्लम-खुल्ला अनुचित साधनों से पैसा कमाने में लगे हैं। लेकिन लाल साहब की यह खासियत थी कि उन्होंने खुल्लम-खुल्ला किसी से एक पैसा भी नहीं मांगा। यही उनकी इमानदारी का सबसे बड़ा सबूत भी है। चाहे वह व्यापारी हो या कन्ट्रैक्टर, चाहे टेण्डर, पर्चेज आर्डर अथवा बिलों के भुगतान का मामला हो, उन्होंने कभी खुल कर किसी से नहीं मांगा। जोर-जबरदस्ती से पैसे

कमाना उनके लिए बेइमानी था। अपनी राजी-खुशी से जितना भी किसी ने बतौर तोहफे के उन्हें दे दिया उसे वे एक सधी मुस्कान के साथ ग्रहण कर लेते।

अपने वेतन से उन्हें कुल कट-कुटा कर पन्द्रह हजार रुपये मिलते थे जबकि उनके घर का प्रतिमाह का खर्चा बीस-पच्चीस हजार से कम नहीं बैठता था। लेकिन घर के खर्चे को लेकर उन्हें कभी कोई दिक्कत महसूस नहीं हुई। ऐसी नौबत भी कभी नहीं आई कि उनके पास लाख-डेढ़ लाख का बैलेन्स उनके सेफ में न रहा हो। यह सब वे ऊपर वाले की अनुकम्पा का ही फल मानते थे।

लेकिन आज चीफ साहब ने अपने रूम में बुलाकर उन्हें अवगत कराया कि उनकी सर्विस को एक्सटेन्शन देने में वे बिल्कुल असमर्थ है। "देयर आर्डर आडर्स फ्राम द एबव" कहकर अपनी असमर्थता का कारण भी उन्होंने बता दिया था "सरकार का भी इकानामि ड्राइव चल रहा है। इसीलिए रेलवे बोर्ड का रवैया बहुत सख्त है, वरना कम से कम एक साल के लिए तो आपको एक्स्टेन्शन मिल ही जाता। और वह भी आप जैसे मेहनती और इमानदार अफसर को...लाल साहब, आप से अधिक मुझे इस बात का बेहद दुःख है...बट आई एम सारी। आई कान्ट हेल्प..."

चीफ साहब द्वारा प्रदत्त 'मेहनती और इमानदार' का खिताब उन्हें शूल की तरह चुभने लगा। फिर सन्निकट रिटायरमेन्ट के विचार से वे और भी अधीर हो उठे। सिर्फ पेन्शन के सहारे उनके घर का इतना लम्बा खर्च कैसे चलेगा? खर्चों में कटौती वे कर नहीं सकते थे क्योंकि इससे उनके स्टेटस पर आँच आएगी। महेन्द्र का भी इंजीनियरिंग कोर्स अभी पूरा नहीं हुआ है और सर्वोपरि सपना की शादी की समस्या एक दीवार बनकर उनके सामने खड़ी हो गई। जिस धूम-धाम, शान-शौकत से सपना की शादी करने का उनका अरमान था वह सब बालू पर महल की तरह ढह गया। आम शादियों की तरह मामूली ढंग से सपना की शादी करना वे अपनी प्रतिष्ठा के प्रतिकूल समझते थे।

बाहर घर्र-घर्र करती हुई। कोई कार आकर रुक गई। फिर कार के फाटक के खुलने की आवाज हुई, जिससे लाल साहब की विचार-तन्द्रा टूटी। सपना ही है शायद—उन्होंने मन ही मन अनुमान लगाया। उसके साथ कोई और लड़की भी थी शायद क्योंकि दोनों के अस्फुट स्वर उनके कानों से टकरा रहे थे।

"हाय डैडी! आज तुम बहुत पहले घर चले आये?" ड्राइंग रूम में चहकती हुई प्रवेश करते ही सपना ने पूछा।

"और डैडी, ये अर्चना है, मेरी क्लास—फेलो। गोलघर में दास इलेक्ट्रिकल्स

की दुकान इसी की है। और हमारे कालेज के ड्रेमेटिक सोसाइटी की यह सेक्रेटरी भी है।''

अर्चना शालीनता की मूर्ति बनी दोनों हाथ जोड़े उनके सामने खड़ी थी। उसके दुग्ध–धवल शरीर पर भूरे रंग का कोट काफी फब रहा था।

''अच्छा-अच्छा, तो तुम दास साहब की लड़की हो। वे तो हमारे यहाँ बिजली के सामान के सप्लायर हैं। अभी कल ही वे मेरे आफिस आए थे मुझसे मिलने'' फिर सपना से कहने लगे ''इसे चाय वाय तो पिलाओ। तुम्हारी मम्मी भी नहीं हैं। चौधरी साहब के यहाँ गई है।''

अर्चना तुरन्त टोक पड़ी ''रहने दीजिए अंकल जी। इस समय मैं जरा जल्दी में हूँ। चाय फिर पीलूँगी। इस कालोनी के कई बंगलों में टिकट बेचने मुझे जाना है। गढ़वाल के भूकम्प–पीड़ितों के सहायतार्थ हम अपनी ड्रेमेटिक सोसायटी की ओर से 'मैकबेथ' ड्रामा खेलने जा रहे हैं। अंकल जी, आप भी आंटी जी और सपना को लेकर हमारा ड्रामा देखने जरूर आइएगा।'' कहते हुए उसने सौ-सौ रुपये के तीन टिकट लाल साहब की ओर बढा दिया।

अपनी पोजीशन का ख्याल कर लाल साहब टिकट लेने से इन्कार नहीं कर सके। अनिच्छा से टिकट को हाथ में लेते हुए अन्दर ही अन्दर उन्हें क्रोध आ रहा था। 'लड़की बहुत मगरूर लगती है'–उन्होंने सोचा। दास साहब होते तो उन्हें फ्री पास भेजवाते। उन्होंने सोचा कि टिकट वापस कर दें और उससे कह दें कि वह अपनी डैडी को भेज दे। लेकिन फिर यह लड़की क्या सोचेगी? एक तो वे रेल विभाग के सीनियर अफसर ठहरे, दूसरे भूकम्प पीड़ितों की सहायता का सवाल है जो मनुष्यता के तकाजे से जुड़ा है। ऐसे अवसर पर अपना असहयोग जताकर वे बेनकाब भी नहीं होना चाहते थे। अनचाहे मन से सौ-सौ के तीन नोट अपने पर्स से निकाल कर अर्चना की ओर बढाते हुए उन्होंने कहा–''डैडी से कहना कि दफ्तर में मुझे फोन कर लेंगे।'' उनके लहजे में आदेश और आक्रोश का मिला-जुला भाव था जिसे वह नहीं समझ सकी।

..जरूर...जरूर...जरूर...कह दूँगी अच्छा अंकल जी, नमस्ते।''

अर्चना के जाने के बाद सपना अपने कपड़े बदलने बाक्स रूम में चली गई। लाल साहब भी दीवान पर पसर गए और आँखें बन्द कर फिर विचार-मग्न हो गए।

''अरे! तुम कब आए? आज़ इतना पहले!'' ड्राइंग रूम में प्रवेश करते ही मिसेज लाल बोल पड़ी ''रामू को भेज कर बुलवा लिया होता। मिसेज़ चौधरी ने बुलवा भेजा था। वहीं मैं गई थी।''

''हाँ, हाँ रामू ने मुझे बताया था। वह तो जा रहा था तुम्हें बुलाने। लेकिन मैंने ही उसे मना कर दिया था।'

''कोई खास बात...'' मिसेज लाल ने जिज्ञासा जताई।

''नहीं! यूंही। आफिस में मन नहीं लग रहा था। इसीलिए जल्दी चला आया।'' लाल साहब ने एक गोल—मोल जवाब दिया। फिर पूछा, ''मिसेज चौधरी ने तुम्हें क्यों बुलाया था।''

''उन्होंने कल ही बाक्स वाला एक डबल बेड और फोल्डिंग ग्लास वाला एक ड्रेसिंग टेबिल खरीदा है। यही सब दिखाने के लिए उन्हेंांने बुलाया था। दोनों सामान बहुत अच्छें हैं...''थोड़ी चुप्पी के बाद फिर कहने लगी''...सोचती हूँ कि इनका एक-एक सेट मैं भी खरीद लूँ। सपना की शादी में देने के लिए अच्छा रहेगा।''

लाल साहब अपनी सीट पर बैठे ही थे कि टेलीफोन की घंटी बज उठी।

''हैलो...हैलो...मैं एस.ए.ओ. पी. लाल बोल रहा हूँ।''

''गुड मार्निंग सर...मैं डोरा...सर, बात यह है कि मेरा बिल अभी तक आपके यहाँ लटका पड़ा है। पता नही क्यों?

''नहीं...नहीं...आपका बिल तो शायद पास हो रहा है...खैर, अभी कन्फर्म कर लेता हूँ कि लेटेस्ट पोजीशन क्या है...और हॉ, हैलों-हैलो-डोरा साहब। आपने जो सोफा सेट देखने के लिए भेजवाया था वह मेम साहब को पसन्द आ गया है। सपना की शादी मे देने के लिए भेजवाया था वह मेम साहब को पसन्द आ गया है। सपना की शादी में देने के लिए इसे रख लिया गया है...हैलो...कीमत क्या होगी इसकी?''

''अरे साहब! आप भी कमाल करते हैं। कीमत पूछने की क्या जरूरत। पसन्द आ गई है तो रख लीजिये। आखिर सपना मेरी भी तो बिटिया है।''

''हें-हें-हें...'' जैसे फोन पर ही लाल साहब घिघिया पड़े।

अपने कमरे से बाहर निकल कर लाल साहब सीधे बिल सेक्शन के बड़े बाबू के पास जाकर खड़े हो गये। उन्हें देखते ही बड़े बाबू हड़बड़ाकर अपनी कुर्सी से उठ पड़े।

''डोरा एण्ड को' के बिल की क्या पोजीशन है'' लाल साहब ने बड़े बाबू से रूखे स्वर में पूछा।

''सर, पास हो रहा है। आपने ही कहा था कि कल तक यह बिल पास हो जाना चाहिए।'' ''कल नहीं! आज ही इसे पास कर देना।''

बड़े बाबू भौचक साहब का मुँह देखने लगे।

"मेरा मुँह क्या देखते हो" साहब ने डपटते हुए कहा "आज उसे पास करने में क्या दिक्कत है। आखिर आपके बाबू लोग दिन भर क्या करते हैं? जब देखो तब गप्पें लड़ाते रहते हैं। घन्टे-घन्टे में कैन्टीन जाकर चाय पीने के लिए उन्हें फुर्सत मिल जाती है, लेकिन एक बिल पास करने के लिए उनके पास समय नहीं है। और फिर कल और आज में क्या फर्क पड़ता है...मैं कोई बहाना सुनना नहीं चाहता। हर हालत में आज शाम तक बिल पास हो जाना चाहिए।" बड़े बाबू को चेतावनी देते हुए लाल साहब अपने कमरे की ओर द्रुत गति से जाने लगे।

सीट पर बैठते ही लाल साहब ने 'दास इलेक्ट्रिकल्स' का फोन मिलाया। फोन मिलने पर पहले उन्होंने दास साहब का हाल चाल पूछा। फिर बताया कि अर्चना बिटिया कल गई थी उनके यहाँ चैरिटी शो की टिकट बेचने। फोन पर ही उन्होंने अर्चना की बड़ी प्रशंसा भी की और कहा कि बिटिया बड़ी जहीन है। फिर लाल साहब अपने खास मकसद पर आगए।

...आप से एक जानकारी लेनी थी। क्या आपके पास आसमानी रंग का डबल डोर का फ्रिज है? अगर हो तो भिजवा दें।"

"हॉ है तो! केल्वीनेटर का एक पीस है। आज ही उसे आपके पास भेजवा देता हूँ।"

'थैंक्स...असल में क्या है कि दास साहब कि सपना की शादी इसी नवम्बर में पड़ने वाली है। इसीलिए मैंने आपको यह जहमत दी।

"अरे नहीं, सर। इसमें जहमत की क्या बात।"

"फिर भी...पेमेन्ट कुल कितना करना होगा?

"मुझे शर्मिन्दा न करें, सर। इसे सपना की शादी में मेरी ओर से तोहफा समझ लीजिये..."

"हें...हें...हें..."की हंसी

"और हेलो, सर! मेरा एक पर्सनल रिक्वेस्ट है आपसे।"

"बताइये..."

"सप्लाई के लिए इस बार जरा बड़ा सा आर्डर भेजवाइएगा।"

"श्योर-श्योर! और बहुत जल्दी ही।"

'थैंक यू सर"

फिर शान्त भाव से लाल साहब ने रिसीवर रख दिया और अन्य जिम्मेदारियों की सूची तैयार करने लगे जिनकों उन्हें रिटायरमेन्ट के पहले ही निपटा देना है। 'डोटा एण्ड को' सम्बन्धी सभी बिलों को तारकनाथ बाबू डील करते हैं। अपने पोर्शन के

बिलों की चैकिंग वे बड़ी ईमानदारी और जिम्मेदारी के साथ करते हैं। लेकिन साहब के इस दोषारोपण से कि उनके सेक्शन के कर्मचारी अपने काम के प्रति ईमानदार नहीं हैं, वे बौखला उठे। बड़े बाबू की सीट के पास आकर उन्होने तैश में कहा–'डोरा एण्ड को' का बिल मैं आज किसी कीमत पर पास नही कर पाऊँगा। साहब को बहुत जल्दी है तो किसी और से पास करवा लें। बिल का मामला है। जल्दबाजी में बिल को वेरीफाई करने में जरा सी चूक हुई तो जवाबदेह मैं बनूँगा। अंजाम मुझे भुगतना पड़ेगा। फिर साहब या अन्य कोई मुझे बचाने नहीं आएगा...

इस्टैब्लिशमेन्ट क्लर्क पारस बाबू अपनी सीट पर बैठै तारकनाथ बाबू की दलीलें बड़े ध्यान से सुन रहे थे। उन्हें भी लगा कि साहब तारकनाथ के साथ ज्यादती कर रहें है। जल्दबाजी में बिल पास करने के लिए क्यों जिद कर रहे हैं, जरूर इसमें कोई राज है। उन्होंने बड़े बाबू को संबोधित करते हुए कहा–"तारकनाथ ठीक कह रहे हैं।"

तारकनाथ बाबू के बगल में बैठे दूसरे बिल क्लर्क श्याम लाल ने भी कमेन्ट किया–मेरी समझ में नहीं आ रहा है इस बिल को लेकर साहब क्यों इतना आफत मचाए हुए है? शायद कोई बड़ा तोहफा उन्हें मिलने बाला है।

"तुम लोग क्यों बात का बतंगड़ बना रहे हो" विवाद को समाप्त करने के लिए बड़े बाबू ने सभी को डाटते हुए कहा। फिर तारकनाथ बाबू की ओर मुखातिब होकर उन्हें चेतावनी देने लगे–देखों, तारकनाथ। बिल तो तुम्हें हर हालत में आज ही पास करना होगा। नहीं पास कर सकते हो तो लिख कर दे दो। मैं साहब को रिपोर्ट कर दूँगा।

"क्यों मैं लिखकर दूँ" तारकनाथ बाबू ने उत्तेजित स्वर में कहा। लेकिन फिर उन्होंने अपने को सम्भाल लिया "आप स्वयं जाकर साहब को बता दीजिए। मेरे खिलाफ साहब कोई भी ऐक्शन ले सकते है। यह उनकी मर्जी। लेकिन उनके धौंस में आकर मैं जल्दबाजी में बिल पास नहीं कर सकता" उनके लहजे में संयम के साथ-साथ दृढ़ता भी थी।

बड़े बाबू निरुत्तर थे।

अपनी सीट से वे उठ पड़े। सामने मेज पर रखी फाईल हाथ में लिया और दरवाजा पार कर कोराइडर में चलने लगे।

"लगता है तारकनाथ बाबू को आज साहब का 'तोहफा' मिल कर रहेगा" पारस बाबू ने अपना अभिमत दिया।

"देखा जाएगा..." तारकनाथ बाबू ने आविचल भाव से कहा।

14

दुविधाग्रस्त

समय का अनुमान लगाने के लिए प्रियकान्त ने लेटे ही लेटे अपने दाहिने हाथ को बढ़ाकर खिड़की को थोड़ा सा खोला। पौ फटने को हो रहा था। प्रियकान्त को चिन्ता हुई कि कहीं बस छूट न जाय। छः बजे बस छूट जाती है और आज कल पौ भी छः बजे के आस-पास फटती है। अपने बिस्तर पर ही वे झट उठकर बैठ गये। उनकी निगाह बायें बगल वाली चारपाई पर गई। उन्होंने देखा पत्नी सुस्त लेटी हुई थी। उन्हें हल्का सा बुखार था। पत्नी के बायें बगल वाली चारपाई पर लेटी मनोरमा पैर के फोड़े के टपकने से रह-रह कर कराह रही थी। रातभर उसका फोड़ा टपकता रहा, जिससे सारी रात उसने जागकर बिताई। फोड़े का टपकना जब बहुत असह्य हो जाता तो वह 'अरे पापा...अरे पापा' कहते हुए जोर-जोर से कराहने लगती। उसकी इस असह्य पीड़ा को देखकर वे मन ही मन बहुत चिन्तित हो उठे थे। उन्होंने सोचा था कि किसी डाक्टर को घर पर ही बुलाकर उसे दिखा दें। लेकिन जाड़े की इस ठिठुरन भरी रात में किसी डाक्टर के उपलब्ध होने की संभावना उन्हें नहीं दिखाई दी थी। दूसरे वे यह भली-भान्ति जानते थे कि इस कस्बेनुमा शहर में रोगियों के घर रात में विजिट करने का डॉक्टरों का रिवाज नहीं था। अतः उन्होंने मन ही मन निर्णय लिया कि सुबह होते ही उसे अस्पताल ले जाकर जरूर दिखवा देंगे। और यदि जरूरी हुआ तो उसके फोड़े का आपरेशन भी करवा देंगे क्योंकि उन्हें होम्योपैथी की दवा से कोई लाभ नहीं लग रहा था। फिर बिस्तर पर बैठे ही बैठे उन्होंने यह भी सोचा कि आज लखनऊ में होने वाले प्रदर्शन में सम्मिलित होने का इरादा वे त्याग दें। लेकिन फिर उन्होंने मन ही मन दलील दिया कि शायद होम्योपैथी की दवा के असर से ही उसके फोड़े का टपकना बढ़ गया है। संभव है दो-तीन घन्टे में वह फूट भी जाय। और फिर आज दिन भर की ही तो बात है। नौ-दस बजे रात तक तो वह हर

हालत में लखनऊ से लौट आएगा। प्रदर्शन मे उसका जाना जरूरी है। जितना विशाल प्रदर्शन होगा उतना ही अधिक दबाव सरकार पर पड़ेगा। और फिर यह प्रदर्शन किसी के व्यक्तिगत लाभ के लिए नहीं बल्कि सामूहिक हितों के लिए होने जा रहा है। ऐसे अवसरों पर तो लोगों को अपनी व्यक्तिगत परेशानियों को भी थोड़ी देर के लिए ताक पर रख देना चाहिए।

बिस्तर से उतर कर वे बाहर दालान में आ गये। बल्व जलाकर उन्होंने अपनी कलाई घड़ी देखी। पाँच बजकर चालीस मिनट हो रहे थे। 'गनीमत है'—यह सोचकर राहत की सांस ली। वे जल्दी-जल्दी मुँह-हाथ धोकर तैयार होने लगे।

ठण्ड से बचने के लिए उन्होंने बन्द गले का कोट पहन लिया। मफलर से कान को ढकते हुए फिर उसे गले में लपेट लिया। फिर हाथ में दस्ताना पहनते हुए उन्होंने पत्नी से बहुत ही संक्षेप में कहा कि वे घबड़ायें नहीं। रात तक वे अवश्य लौट आयेंगे। और फिर वे तुरन्त बाहर निकल आये। लेकिन ठण्ड अधिक होने को कारण वे अपने बन्द गले के कोट में भी अन्दर ही अन्दर ठिठुर रहे थे।

रेलवे क्रासिंग पार करते हुए उन्होंने बड़ी सावधानी से दायें-बायें देखा। स्टार्टर गिरा हुआ था। शायद शन्टिंग होने वाला था। ठण्ड से सी-सी करते हुए वे मेन रोड पर आ गये। पहले रिक्शे को तलाशने के लिए इधर-उधर निगाह दौड़ाई। एक-दो रिक्शे नाका पर खड़े दिखाई पड़े, लेकिन रिक्शा चालक नदारद थे। जाने किस कोने-कोटर में ससुरे सो रहे हैं—वे मन ही मन झल्ला पड़े। रिक्शा तलाशने का समय उनके पास नहीं था। अतः पैदल ही वे बस स्टेशन की ओर चल पड़े। ठण्ड से सिकुड़ी-सिकुड़ी खामोश सड़क पर वे तेज-तेज डग भरने लगे ताकि वे बस स्टेशन समय से पहुँच जाएँ।

नाका से बस स्टेशन तक रास्ता दो फर्लांग से कम नहीं था। तेज-तेज डग भरने के कारण बस स्टेशन के पहले गेट तक आते-आते वे हांफने लगे। गेट के पास ही रुककर वे थोड़ा सुस्ताने लगे। बस-स्टेशन के आस-पास भी उन्हें वही सन्नाटा दिखाई पड़ा। दुकानें सभी बन्द थी। सिर्फ गेट के बाईं ओर एक पान वाला अपनी गुमटी खोल रहा था।

अपने साथियों में से कोई भी उन्हें बस स्टेशन पर दिखाई नहीं पड़ा। कुछ पैसिन्जर जरूर बुकिंग बिन्डो के सामने की रेलिंग में लाइन लगाये खड़े उन्हें दिखाई पड़े। बुकिंग विन्डो खुला हुआ था। टिकट की बुकिंग भी शायद शुरू हो गई थी क्योंकि क्लर्क भी विन्डो पर बैठा दिखाई दे रहा था। वे बुकिंग विन्डो के और पास आ गये। अरे, यह तो इदरीस है—बुकिंग विन्डो पर बैठे आदमी को

पहचानते हुए उन्होंने मन ही मन कहा। शायद उसकी ड्यूटी रात के शिफ्ट में लग गई है। वह दो साल पहले उसके महाविद्यालय का छात्र भी रह चुका है। राज्य कर्मचारी होने के कारण वह प्रातः कालीन सत्र में पढ़ता था। फिर उन्होंने शेड की ओर देखा जहाँ बसें खड़ी होती है। लखनऊ जाने वाली बस, शेड मे लगी हुई उन्हें दिखाई पड़ी। मर्करी रॉड की रोशनी में उन्होंने अपनी कलाई घड़ी में समय देखा। बस के छूटने का समय हो चला था। घबड़ाहट में हड़बड़ाते हुए उन्होंने सड़क को पार किया और फिर दूसरे गेट से वे बाहर आ गये। गेट के पास ही खड़े-खड़े उन्होंने इलाहाबाद और लखनऊ जाने वाली सड़क पर दूर तक दृष्टि दौड़ाई। परन्तु अपने महाविद्यालय का कोई भी प्राध्यापक आता हुआ उन्हें दिखाई नहीं पड़ा। वैसे उन्हें यह सोचकर थोड़ा सकून अवश्य हुआ कि सबसे पहले बस स्टेशन पहुँचने का अपना कौल उन्होंने पूरा किया। कल जो महाविद्यालय इकाई के शिक्षक संघ की बैठक हुई थी उसमें यह निर्णय सर्व-सम्पति से लिया गया था कि सभी प्राध्यापक सुबह छः बजे वाली बस से चलेंगे ताकि प्रदर्शन के निश्चित समय के पहले ही वे लोग लखनऊ पहुँच जाएँ। तभी उन्होंने जोश में सभी के बीच यह एलान भी कर दिया था कि साढ़े पाँच तक बस स्टेशन वे पहुँच जाएँगे। साढ़े पाँच न सही, लेकिन सबसे पहले वे आये तो। और फिर यह कौन जान पाएगा कि वे कितने बजे पहुँचे थे? कोई उनसे पूछेगा भी तो कह देंगे कि साढे पाँच बजे ही यहाँ पहुँच गये थे।

सहसा उन्हे ख्याल आया कि यदि उनके महाविद्यालय का कोई और प्राध्यापक नहीं आया तो वे अच्छा उल्लू बनेंगे। शिक्षक-संघ की बैठक में तो सभी ने अपनी-अपनी मुट्ठियां हवा में तान कर प्रदर्शन में सम्मिलित होने के अपने संकल्प को जताया था। बल्कि बड़े गर्मजोशी में सभी ने एक स्वर में यह भी घोषित किया था कि वे सभी लोग प्रदर्शन में शामिल होने लखनऊ अवश्य चलेंगे चाहे किराये के पैसे उन्हें उधार भी क्यों न लेना पड़े। नया वेतन आयोग गठित करवाकर ही वे दम लेंगे। लेकिन प्रियकान्त को लगा कि घर पहुँचते ही उन सभी के जोश अपनी अपनी बीवियों की डांट से शायद ठण्डे पड़ गये। तभी दो-तीन रिक्शे इलाहबाद वाली शेड की ओर से आते हुए उन्हें दिखाई पड़े। रिक्शे दाईं गेट से बस-स्टेशन के अन्दर आकर रुक गये। वे उत्सुक हो उठे । लम्बे-लम्बे तेज डगों से वे दाईं गेट की ओर लपक पड़े। लेकिन रिक्शे के पास पहुँच कर उन्हें निराशा हुई। उनके महाविद्यालय का कोई प्राध्यापक नहीं था रिक्शे से उतरने वालों में। एक गहरी बेचैनी उनके चेहरे पर साफ-साफ झलकने लगी। फिर वे लखनऊ वाली बस के पास ही आकर खड़े हो गये। उन्होंने देखा कि बीस-पच्चीस पैसिंजर बस

में बैठ भी चुके थे। शायद बस छूटने ही वाली थी। उनकी समझ में नहीं आ रहा था कि वे क्या करें। फिर वे गेट के पास आकर खड़े हो गये। कहाँ रह गये। कहाँ रह गये सब के सब—गुस्से में वे बुदबुदाने लगे। फिर वे सोचने लगे कि सभी ने मिलकर उनके खिलाफ कोई जाल तो नहीं रचा है। लेकिन तभी एक रिक्शा गेट पर उनके पास ही आकर रुक गया। विनय-कुमार, अनन्तप्रसाद और प्रतापनारायण रिक्शे से उतर पड़े। प्रतापनारायण रैपर ओढ़े हुए थे। और अनन्तप्रसाद के हाथ में कंबल था। उन्हें देखते ही प्रियकान्त ने मन ही मन थोड़ी निश्चिन्तता महसूस की। लेकिन एक कृत्रिम आक्रोश दर्शाते हुए उन्होंने कहा, 'क्या भाई? आप लोग भी मजाक करते हैं।'

'क्या करें भाई साहब, रिक्शा ही नहीं मिल रहा था।' प्रतापनारायण जो महाविद्यालय इकाई के शिक्षक संघ के सचिव भी हैं, ने सफाई दी, 'और कुछ समय तो मेरे नष्ट हो गये इन लोगों को तैयार कराने में।' उसका इरादा अनन्त-प्रसाद और विनय कुमार की ओर था।

'और लोग कहाँ हैं?' प्रतापनारायण ने जिज्ञासा भाव से पूछा।

'अभी तक तो महज हम ही लोग हैं और बस भी छूटने ही वाली है।' प्रियकान्त ने बड़े मायूस मन से कहाँ। फिर प्रतापनारायण का हाथ पकड़ उन्हें बुकिंग विन्डो की ओर घसीटते हुए वे कहने लगे, 'ठाकुर साहब, आइये। तब तक इदरीस से कहलवाकर बस को पांच मिनट के लिए रुकवा दिया जाय। बुकिंग विन्डो पर आज उसी की ड्यूटी है। तब तक शायद और लोग आ भी जाएँ।'

इदरीस काउन्टर पर बुकिंग समाप्त कर रुपये गिन रहा था। उसके पास आकर प्रियकान्त ने आवाज दी, 'इदरीस भाई।' इदरीस ने सिर उठाकर देखा। प्रियकान्त उसके सामने खड़े उससे कुछ पूछना चाहते थे। तपाक से उसने अपने उस्तादों को बा-अदब सलाम किया। घबराये हुए से प्रियकान्त उससे कहने लगे, 'अरे भाई, हम लोगों को इसी बस से लखनऊ जाना है प्रदर्शन में शामिल होने। लेकिन हमारे कुछ और साथी अभी आने वाले हैं। आपकी बड़ी मेहरबानी होती कि सिर्फ पाँच मिनट के लिए कन्डक्टर से कहकर बस को रुकवा देते।'

'आपने फौरन क्यों नहीं बताया मास्टर साहब। कन्डक्टर अभी-अभी चालान देकर गया है। मैं उससे कह देता।' इदरीम ने तत्काल कहा। फिर थोड़ा रुककर दायें हाथ से कनपटी के पास खुजलाते हुए उसने फिर कहा, 'खैर कोई बात नहीं। आप लोग जायें। मैं अभी जाकर कन्डक्टर से कह देता हूँ। आप लोगों के टिकट बनाने के लिए भी उससे कह दूँगा।

प्रतापनारायण को साथ लिए गेट के बाहर आकर प्रियकान्त फिर विनयकुमार और अनन्तप्रसाद के पास आ गये।

'कोई और आया?' पास पहुँचते ही प्रियकान्त ने अनन्तप्रसाद से पूछा।

'अभी तक तो और कोई नहीं आया' अनन्त प्रसाद ने निराश मन से कहा।

'आइए, तब तक हम लोग पान खा लें।' अनन्तप्रसाद ने ही प्रस्ताव रखा इस विचाार से कि शायद तब तक और लोग आ ही जाएँ। पान वाले से उन्होंने फटाफट छः पान लगाने के लिए कहा।

बस गेट के बाहर होने लगी। प्रियकान्त दूर से अपना दाहिना हाथ हवा में फहराते हुए चिल्ला पड़े 'ड्राइवर साहब जरा रोकिए' गेट के बाहर आकर बस रुक गई। कन्डक्टर झल्लाते हुए आगे का फाटक खोलकर बस से उतर पड़ा। अपनी कलाई घड़ी प्रियकान्त को दिखाते हुए क्रोध से वह कहने लगा, 'इदरीस साहब ने महज पाँच मिनट के लिए कहा था। और मैं सात मिनट तक बस को रुकवाये रहा।' तभी पान का बीड़ा मुँह में डालते हुए अनन्तप्रसाद भी आ गये। आते ही उन्होंने कन्डक्टर से प्रार्थना भाव से कहा, 'जैसे इतनी देर रोका भाई, दो-तीन मिनट और रोक दीजिए। नहीं तो बड़ा अनर्थ हो जाएगा। हम लखनऊ के प्रदर्शन में शामिल नहीं हो पाएँगे।'

'तो मैं इसके लिए क्या करूँ? मुझे भी नौकरी करनी है मुझसे जवाब तलब होगा तो कौन जवाबदेह होगा। और फिर आप लोग खुद इतने ढीले हैं...प्रदर्शन में शामिल होना था।तो समय से आप सभी को आना चाहिए। अब मैं एक मिनट भी नहीं रुकूंगा।' तैश में कहते हुए कन्डक्टर बस के फाटक की ओर बढ़ने लगा।

तभी इदरीस भी काउन्टर का काम समाप्त कर वहाँ आ गया। 'क्या बात है मास्टर साहब?' उसने एक साथ सभी गुरूजनों को संबोधित करते हुए आदरपूर्वक पूछा। इदरीस को देखते ही प्रियकान्त घबड़ाते हुए से उनके पास सरक आये। फिर विनती भाव से वे कहने लगे, 'आप बड़े मौके पर आ गये इदरीस भाई। जरा दो-तीन मिनट के लिए बस को और रुकवा देते तो अच्छा होता क्योंकि अभी कुछ और लोगों के आने का इन्तजार है।'

'भाई पाण्डे जी', इदरीस ने सिफारिशी लहजे में कन्डक्टर से कहा, 'दो-तीन मिनट के लिए बस को जरा और रोक दीजिए। आप पर अगर कोई इलजाम आएगा तो उसका जिम्मा मैं अपने ऊपर ले लूंगा।'

इदरीस के आग्रह पर कन्डक्टर मान तो गया लेकिन भुनभुनाते हुए अपनी सीट पर जाकर धम्म से बैठ गया—'चले हैं प्रदर्शन में भाग लेने। जैसे कोई

पिकनिक मनाने जा रहे हैं...।' इदरीस का लिहाज वह इसलिए भी कर गया क्योंकि वह स्थानीय रोडवेज वर्कर्स यूनियन का महामंत्री भी है।

इदरीस चुपचाप प्रियकान्त के पास आकर खड़ा हो गया और गुरूजनों को बिदा देने के लिए बस के छूटने का इन्तजार करने लगा हालांकि अपनी शेरबानी में वह ठण्ड से सिकुड़ा जा रहा था। मन ही मन उसे यह सोचकर खुशी भी हो रही थी कि इन्कलाब जल्दी ही आएगा क्योंकि शिक्षक वर्ग भी सड़क पर आ गया है। लेकिन उनके प्रदर्शन के बारे में पूरी जानकारी हासिल करने की गरज से उसने प्रियकान्त से ही पूछा,'मास्टर साहब, आप लोगों के लिए खास माँगें क्या हैं जिनके लिए आप लोग इतना बड़ा प्रदर्शन करने जा रहें हैं।'

'वेतन आयोंग का गठन और शासन द्वारा तत्काल अन्तरिम राहत की घोषणा हमारी दो प्रमुख मांगे हैं।' प्रियकान्त ने छूटते ही कहा। उन्होंने इदरीस से यह भी बताया कि यदि शासन उनके इन प्रमुख मांगों को स्वीकार नहीं करती तो फिर वे लोग बाध्य होकर हड़ताल पर जाएँगे।

'लेकिन मास्टर साहब, माफ करेंगे आप, मैं ट्रेड यूनियन के दस वर्षों के अपने तजुरबे से यह कह सकता हूँ कि आपके इन मांगो से आप लोगों की समस्याओं का कोई स्थायी हल नहीं निकलने वाला है। एक तरफ जितनी तनख्वाह आप बढ़वाएँगे, दूसरी तरफ महँगाई चार गुनी बढ़ जाएगी। इसलिए मेरे ख्याल से आप लोगों की खास मांग होनी चाहिए--आपके सेवा शर्तों में सुधार और सुरसा-सी बढ़ती हुई मंहगाई की रोक थाम।' इदरीस सहज लहजे में कह गया। फिर थोड़ा सहमते हुए उसने फिर कहा, 'मुझे तो ऐसा लग रहा है कि आप लोगों को अपनी लड़ाई के खास मुद्दे खुलासा नहीं हैं। और मुद्दे खुलासा न होने से लड़ाई में ना-कामयाबी ही हासिल होती है।'

इससे पहले कि प्रियकान्त प्रत्युत्तर में कुछ कहते, उनके पास खड़े विनय कुमार ने बाईं ओर घूमकर देखते हुए तपाक से कहा, 'कुछ लोग आ तो रहें हैं।' फिर और लोग भी उसी ओर उत्सुकता पूर्ण देखने लगे। तीन-चार लोग 'संजय रेस्त्रा' की ओर से आते हुए दिखाई पड़े। काले फ्रेम का चश्मा लगाये लम्बे, दुबले-पतले वर्मा जी को दूर से ही लोगों ने पहचान लिया। जल्दी-जल्दी कदम बढ़ाते हुए वे चले आ रहे थे। उनके साथ ठिगने कद के शर्माजी, डॉ. जयंत और सदाशिव सिंह भी तेज कदमों से आते हुए दिखाई पड़ने लगे। उन लोगों के 'अवन्तिका रेस्त्रां' के पास पहुँचते ही प्रतापनारायण ने हाथ हिलाते हुए जोर से हांक लगाई, 'जल्दी आइए भाई, बस जा रही है।' फिर उन्होंने अपने दायें-बायें

दोनों ओर सड़क पर एक सरसरी निगाह और दौड़ाई कि शायद कुछ और लोग भी आते हुए दिखाई पड़ जाएँ। लेकिन जब और कोई नहीं दिखाई पड़ा तो उन्होंने अपने साथियों से कहा, 'अब और कोई नहीं आएगा। चलिए, हम लोग बस में बैठें।' फिर आगे के फाटक से बस में चढ़ते हुए कन्डक्टर से उन्होंने कहा 'वे जो चार लोग सामने से आ रहें हैं, उनके सवार होते ही आप बस स्टार्ट कर दें।'

थोड़ी ही देर में वे लोग आ गये और फटाफट बस में सवार हो गये। इदरीस अभी तक चुपचाप खड़ा था। बस चलने लगी तो उसने सभी गुरूजनों को एक साथ सलाम किया और उनके प्रदर्शन की सफलता की शुभकामना व्यक्त की। प्रियकान्त ने भी इतनी देर तक बस रुकवाये रखने के लिए अपने सभी साथियों की ओर से इदरीस के प्रति हार्दिक कृतज्ञता व्यक्त की । फिर सभी ने अपनी-अपनी जगह बस में ले ली।

अमहट के बाद से बस स्पीड ले चुकी थी। बस की घर्र-घर्र की आवाज में सभी पैसिंजरों की आवाजें गुम हो गईं। फिर स्वतः चालित से सभी अपने आप में खो गये। खिड़की के पास बैठने के कारण प्रियकान्त को कुछ अधिक सिहरन सी लग रही थी। ठण्डी हवायें खिड़की से सरसराती हुई बस के अन्दर आ रही थीं। खेतों में किसान आते जाते दिखाई पड़ने लगे थे। सिहरन के कारण प्रियकान्त ने तुरन्त खिड़की का शीशा खींच लिया। फिर भी उसकी सिरहन नहीं गई। मफलर को कान और गले में कस कर बाँधते हुए उन्होंने देखा कि उनके आगे की सीट पर प्रतापनारायण अपना रैपर फैला चुके थे जिसका आधा हिस्सा उनके बगल में बैठे शर्माजी पर था। बगल के बर्थ पर अनन्तप्रसाद भी अपना कंबल फैला चुके थे जिसमें डॉ. जयन्त भी दुबके हुए थे। प्रियकान्त को भी अपनी गलती का अहसास होने लगा। उसे भी अपना रैपर लाना चाहिए था। उसे यह सोचकर आश्चर्य होने लगा कि उसके महाविद्यालय के अट्ठारह के स्टाफ में सिर्फ आठ ही लोग प्रदर्शन में भाग लेने जा रहे हैं। कम से कम जो तेरह लोग स्थाई हैं उन्हें तो जरूर चलना चाहिए था। और फिर स्थाई अथवा अस्थाई होने से क्या फर्क पड़ता है। यह लड़ाई तो सबके लिए है। जो लोग अस्थाई हैं उन्हें भी चलना चाहिए था। डॉ. जयन्त आखिर अस्थाई ही तो हैं। अभी दो महीने हुए समाजशास्त्र विभाग में उनकी नियुक्ति हुए। लेकिन वे पूरे जोश-खरोश में चल रहे हैं प्रदर्शन में शामिल होने।

यकायक बस साइड में एक पेड़ के नीचे हो गई। जो लोग अपनी-अपनी सीटों पर बैठे ऊंघने लगे थे वे जर्क लगने से जैसे होश में आ गये। सभी पैसिन्जरों ने जानना चाहा कि अचानक क्यों बस रुक गई जबकि कोई बस स्टाप भी नहीं

था। पता यह चला कि ड्राइवर साहब को जोरों से पेशाब लगा हुआ था। वे पेशाब करने गये हैं। तभी शर्मा जी ने पीछे मुड़कर प्रियकान्त से कहा, 'मुझे शक था कि वे पाँचों नहीं आयेंगे।'

'कौन पाँचों?' प्रियकान्त ने जिज्ञासा व्यक्त की।

'वही रामायन सिंह, अवधेश कुमार, मंगलेश त्रिपाठी, संजय श्रीवास्तव और गंगा प्रसाद।' शर्मा जी ने एक सांस में पाँचों नाम गिना दिया।

'लेकिन इनके न आने के क्या कारण हो सकते हैं?' प्रियकान्त ने फिर पूछा

'प्रियकान्त जी, इन लोगों के न आने के दो कारण हो सकते हैं...' शर्मा जी थोड़ा गम्भीर होकर कहने लगे, 'एक तो प्राचार्य की मक्खनबाजी और दूसरा यह कि प्रदर्शन में सम्मिलित होने के लिए पहल हम लोगों ने किया था। आप तो यह जानते ही हैं कि इन लोंगों का एक उद्देश्य यह भी रहता है कि जिस काम के लिए हम लोग पहल करेंगे उसका ये लोग विरोध करेंगे या उसमें सम्मिलित ही नहीं होंगे।'

'आपका खयाल बिल्कुल सही है।' प्रतापनारायण ने समर्थन किया।

'लेकिन रामायन सिंह तो कल की बैठक में सबसे अधिक जोश में थे। और प्रदर्शन में सम्मिलित होने के लिए तो वे हण्ड्रेट परसेन्ट श्योर भी थे।'

'अरे भाई प्रियकान्त जी, बेचारे की बीवी की तबियत अचानक खराब हो गई होगी।' वर्मा जी के लहजे में व्यंग्य का हल्का सा पुट भी था।

ड्राइवर साहब लघुशंका से निवृत्त होकर वापस आ गये। अपनी सीट पर बैठते ही उन्होंने गाड़ी स्टार्ट कर दी। इन्जन के घो-घर्र-घो-घर्र के शोर ने सभी को फिर चुप करा दिया। सभी फिर अपने आप में खो गयें। प्रियकान्त को अपनी पत्नी और मनोरमा की याद आने लगी। वे सोचने लगे कि पत्नी का बुखार पता नहीं अब तक उतर गया होगा कि नहीं...फिर एक-एक करके रामायन सिंह, गंगा प्रसाद, अवधेश कुमार, मंगलेश त्रिपाठी और संजय श्रीवास्तव के चेहरे उनके सामने घूम गये। आखिर क्यों नहीं आये वे लोग? शायद सोचते होंगे कि क्यों वे जहमत मोल लें। जो सब को मिलेगा वही उन्हें भी मिल जाएगा। लेकिन उन्हें यह भी सोचना चाहिए कि अगर ऐसी ही बात होती कि बिना लड़ाई के ही सरकार उनकी माँगों को मान लेगी तो प्रदर्शन करने की भी क्या जरूरत थी? लेकिन फिर उन्होंने सोचा कि शायद शर्मा जी का कहना सही है। इन सबों ने कल रात में अपनी गुप्त मीटिंग की होगी जिसमें प्रदर्शन में सम्मिल्लित न होने का फैसला सबों ने किया होगा क्योंकि इसके लिए पहल हम लोगों ने की थी। शिक्षक समुदाय आपस में इतना बंटा हुआ है। इसका अहसास उन्हें आज भली-भांति हो रहा था।

यें सभी प्राचार्य के चाटुकार हैं और इसीलिए प्राचार्य उन्हें अपना आदमी समझते हैं। वस्तुतः वे किसी के आदमी नहीं हैं। सिर्फ अपने स्वार्थ के लिए वे प्राचार्य के समर्थक हैं। अवधेश कुमार आये दिन गायब रहते हैं, संजय श्रीवास्तव अपनी कक्षायें बहुत कम लेते हैं, रामायन सिंह को कालेज में पढ़ाने के बजाय अपने घरेलू कामों की ज्यादा चिन्ता रहती है, मंगलेश त्रिपाठी को तो हमेशा पैसों की ही जरूरत रहती है जिसे प्राचार्य बैकडोर से पूरा करते रहते हैं और गंगा प्रसाद कालेज में कोई ऐसा काम पाने के लिए प्राचार्य से सटे रहते हैं जिससे छात्रों पर उनका दबाव बना रहे। खास तौर से परीक्षा काल में सहायक परीक्षक बनने के लिए वे अपनी जी-जान लगा देते हैं। और बैठकबाज तो सभी हैं। प्रियकान्त को यह सोचकर और भी दुःख हुआ कि शिक्षक समुदाय अपने व्यापक हितो के लिए भी एक जुट नहीं हो पा रहा है। यह फुटमत ही हमारी लड़ाई को कमज़ोर बनाती जा रही है। कही उनके प्रदर्शन का भी यही हश्र न हो? फिर उन्हें इदरीस की याद आने लगी। वह ठीक कहता है कि लड़ाई के लिए पहले हमारे खास मुद्दे स्पष्ट होने चाहिए। उन्हें समझ में आने लगा कि खास मुद्दों के प्रति स्पष्टता और आपसी एकजुटता के अभाव में शिक्षकों का आन्दोलन अन्धेरे में भटक रहा है।

उन्हें अपनी पत्नी और मनोरमा की याद फिर आने लगी। उन्हें लगा कि उन्हें ऐसी हालत में छोड़कर उन्हें नहीं आना चाहिए था। प्रदर्शन की सफलता के प्रति एक संशय भी उनके अन्दर घर करने लगा। उन्होंने मन ही मन यह तर्क भी दिया कि यदि वे प्रदर्शन में न भी शामिल हों तो इससे क्या फर्क पड़ेगा? जैसे आठ वैसे सात। और फिर जहाँ प्रांत भर के लोग इकट्ठे हो रहे हैं वहाँ उनके न जाने से प्रदर्शन में कौन सी कमी आ जाएगी? प्रदर्शन अगर विफल हुआ तो जो और लोग भुगतेंगे वही वे भी भुगत लेंगे और कहीं प्रदर्शन सफल हो गया तो इसका लाभ उन्हें भी मिलेगा। अतः एक पश्चाताप की लहर उनके अन्दर दौड़ गई। वे सोचने लगे कि आकर उन्होंने वाकई बड़ी भूल की...अतः उन्होंने निर्णय किया कि अगले बस स्टाप पर उतर कर वे लौट आएँगे। उन्होंने जोर की आवाज़ में आगे बैठे शर्मा जी से पूछा, 'अगला बस स्टाप अभी कितनी दूर है?'

'अब आने ही वाला है। बस तीन किलोमीटर रह गया है', शर्मा जी ने पीछे मुड़कर बताया।

'अगले बस स्टाप पर उतर कर हम लोग चाय पियेंगे।' अनन्तप्रसाद ने उतने ही जोर की आवाज़ में कहा अन्यथा इन्जिन के शोर में किसी की भी बात सुन सकना मुश्किल था।

प्रियकान्त ने खिड़की का शीश जरा सा खिसका दिया ताकि कुछ ताजी हवा अन्दर आ सके। लेकिन हवा का एक हल्का सा झोंका अन्दर आते ही शर्मा जी और प्रतापनारायण ठण्ड से काँपने लगे।

'बन्द कीजिए खिड़की, भाई।' शर्मा जी ने तत्काल काँपते हुए कहा।

प्रियकान्त ने उठकर शीशा खींच दिया और अपनी सीट पर आकर तन गये। अपने ही निर्णय से वे अन्दर ही अन्दर भयभीत हो उठे। अगर वह अगले बस स्टाप से लौट आयें तो लोग उसकी खिल्लियाँ उड़ाएँगे कि अगर आधे रास्ते से ही लौट जाना था तो वह आया ही क्यों? और फिर क्या जरूरी है कि लड़ाई में सभी शरीक हों? उन पाँचों के न आने से उनकी लड़ाई क्या कमजोर पड़ जाएगी?...एक ऊहापोह की स्थिति में वह निर्णय नहीं कर पा रहा था कि वह क्या करे...लेकिन बस को उसके निर्णय की प्रतीक्षा नहीं थी। वह अपने स्पीड से चली जा रही थी...।

●●●